Dominerar Susan

Första Delen

(Domination och erotisk underkastelse)

Av

Erika Sanders

Serie

Dominerar Susan Vol. 1 till 5

Första upplagan: 2023

Synopsis

Efter att ha avslutat college går Susan till sitt första jobb, ett jobb som tillhandahålls av en familjevän, Robert, som alltid har haft en speciell önskan om sin väns dotter.

Denna speciella önskan är att få Susan under hans dominans ...

Den här publikationen innehåller en serie starkt erotiskt BDSM-innehåll, där jag berättar om Susans äventyr i hennes inlämningsaspekt.

Romaner med ett högt romantiskt och erotiskt BDSM-innehåll.

Innehåller följande volymer:

1 – Det nya jobbet

2 – Reglerna

3 – Ny leksak

4 – Straffrummet

5 – Möte med mästarna

Anmärkning om författare:

Erika Sanders är en internationellt känd författare, översatt till mer än tjugo språk, som signerar sina mest erotiska skrifter, långt ifrån sin vanliga prosa, med sitt flicknamn.

Index

DOMINERAR SUSAN FÖRSTA DELEN (EROTISK DOMINATION) AV ERIKA SANDERS

FÖRORD

Robert är en mogen framgångsrik affärsman, gift och har en son i samma ålder som Susan.

Deras familjer har varit nära vänner i många år och han hade sett henne växa till en härlig ung kvinna.

Han hade alltid visat en öppen vänskap mot flickan och hade under åren gjort henne medveten om sin förkärlek för henne.

I hemlighet gömde hans vänliga förhållande och hans tillgivenhet för flickan hans många mörka önskningar, utan någon chans att förverkliga dem.

Hennes totala underkastelse till honom var den enda drömmen, i hennes mörkaste tankar och en som hon önskade skulle gå i uppfyllelse.

Susan är en nyutexaminerad tjej med en handelsexamen i handen och ivriga att uppleva världen.

På väg att börja sitt första riktiga jobb, en tjänst som erbjuds av Robert, en familjevän, av respekt för sin far och erkännande av hans förmågor.

Men också, utan att hon visste det, underblåst av hans önskan att äga henne.

Hon är en trevlig, sensuell men söt tjej som har haft samma pojkvän, Peter, sedan hennes första år på college.

De är äventyrare, men de stör aldrig deras värld.

Hon vet vad hon vill, eller tror att hon vet, men hon är verkligen ganska lydig när det gäller att låta andra vägleda henne genom hennes livs vägar.

DET NYA JOBBET

Han står framför byggnaden och stirrar på glas- och stålfasaden.

Se alla välvårdade män och kvinnor som skyndar in och ut ur entrén.

Hon tittar på sin egen korta kjolkostym, ökar farten och går in.

Hon känner sig liten och lite skrämd av män som tornar upp sig över hennes sex fot fem när hon kliver upp i hissen och går in i sin nya arbetsgivares verksamhet.

När hon tittar sig omkring ser hon honom i receptionen prata med en bombsnål blond kvinna och fnissande flirtigt, hans leende lyser upp hans ansikte när han vänder sig mot henne.

Hon rodnar utan att veta varför och går mot honom med hälarna klickande på klinkergolvet.

Hans arm lindar skyddande hennes axlar när han presenterar henne för flickan vid skrivbordet.

"Anne, det här är min lilla Susy!"

Hon rodnar, rätar sig sedan upp och sträcker ut handen.

"Hej, jag heter faktiskt Susan, trevligt att träffa dig."

Han dirigerar henne med en konstant hand på axeln till olika avdelningar och andra chefer.

Han presenterar henne som Susan, vilket hon är tacksam för, och som vill göra sitt bästa i denna värld av stor rivalitet.

Hon håller sig nära honom hela morgonen och försöker memorera en mängd olika namn innan han slutligen leder henne till sin kontorssvit.

Han visar henne skrivbordet i förrummet som kommer att vara hans under större delen av tiden hon är här.

Hon lägger ifrån sig handväskan och drar lätt med fingrarna över de väl utvalda möblerna.

Hon leds in på hans kontor där han pekar på de överdådiga mörka möblerna, helt i läder och mahogny.

"Och det är här jag jobbar."

Han lämnar hennes sida för första gången och sätter sig vid sitt skrivbord.

Hon känner sig konstigt ensam när hon står på det här stora kontoret framför honom.

Han tar några nycklar och fortsätter att tala:

"Till vänster, bakom gillestugan, hittar du en dörr till ett litet kök. Detta underhåller ofta kunderna. Kylskåpet ska alltid vara fyllt med det som står på listan, plus att det finns en meny. Du måste lära dig att laga mat. rätter, om kocken inte är tillgänglig. Jag kommer att lägga in det i ditt träningsprogram."

Han hade rört sig snabbt bakom henne, tryckt henne mot dörren och öppnat den.

Storögd och vördnad över storleken på företaget och de kontor hon ägde, allt hon kan göra är att nicka dumt.

"Det kommer att vara så."

"Ja herre", säger han med ett leende, men hans röst skakar om henne.

"Ja herre". Hon svarar automatiskt.

Han tar henne i armen, går ut ur köket och leder henne till ett annat sovrum med dörren på samma vägg.

"Och det här är mitt privata badrum, du kan använda det, men bara med min tillåtelse, förstår du Susy?"

Hon nickar igen ordlöst åt det här badrummets överflöd, och återhämtar sig när hon känner hur han stelnar, stammande:

"Ja herre".

Han ler åt hennes lydnad.

"Han kommer att använda den anställdas toalett i korridoren om han har behov och jag inte är här."

Hon är snabbare den här gången.

"Ja herre".

På andra sidan rummet, två likadana sovrum med dörrar som han visar dig.

"Det här är ett privat mötesrum", tittar hon snabbt medan han rusar iväg henne, "... och det är här jag vilar om jag behöver tillbringa natten på stan."

Rummet var mörkt och en stor himmelssäng och udda bänkar skymtade i det stora rummet.

Han hann knappt känna det innan han stängde dörren för honom.

Han tar henne tillbaka till sitt skrivbord, sätter på datorn och visar hennes personliga meddelandetjänst från sitt kontor till sin dator som alltid ska vara på och öppen.

Nöjd med ett passande "ja" vid rätt tidpunkter och sin naturliga benägenhet att vara hjälpsam, lämnar han henne på skrivbordet för att bekanta sig med sin nya omgivning.

Han testar hennes uppmärksamhet genom att skicka små snabbmeddelanden till henne och ler åt hennes omedelbara svar när hon läser uppgifterna och olika tillfällen som de klagade till henne vid hennes skrivbord.

DET RIKTIGA SYCKET

Han var tålmodig och snäll när hon bekantade sig med hennes nya jobb inom hans företag.

Han pratade ofta med henne via snabbmeddelandeskärmen under tillfällen då hon inte var på möten eller utanför företaget, frågade henne om hennes familj, vänner, hur det gick med hennes pojkvän, vilket fick henne att känna sig som henne. Du ser din kärlek och genuint intresse för hennes liv.

Under de hektiska första veckorna av sin träning tog han sig tid att rådgöra med henne och justera hennes schema vid behov, och blev hennes mentor, hennes vän och ibland en sträng fadersgestalt.

Han skämtade med henne, spelade spel och chattade vänligt.

Samtalen blev gradvis mer intima med tiden.

De spelade sanning eller våga ofta på datorn, och i spelet blev deras frågor mer personliga och direkta.

Sedan gjorde han en paus medan han läste sitt sista svar.

Han hade förväntat sig att något sådant skulle hända, men han förväntade sig aldrig riktigt att det skulle hända.

Här spelade hon sanningen och här fanns chansen att våga med henne igen.

Hon valde alltid sanningen ... och hon erkände precis att hon fått smisk från sin pojkvän och att hon gillade det.

Med det skulle han börja förverkliga sin dröm.

Hon visste att hon förmodligen aldrig skulle spela det här med honom igen, och drog nästan tillbaka och trodde att hon ville sluta, eller ännu värre, berätta för någon i företaget och sedan hennes familj.

Han var dock tvungen att gå vidare.

Hans långvariga begär drev honom, och han började skriva.

Hon hade inte valt att våga, men han fortsatte att skriva ...

***

"Jag vågar dig att låta mig slå dig, Susy."

Hon stirrade, kunde inte tro vad hon läste.

Hon hade växt sig nära honom, älskat honom och hur han brydde sig om henne och fick henne att känna sig så speciell, nästan som att hon var hennes pappa.

Kanske skojade han med henne igen, utan att tro på vad hon hade berättat för honom om deras dejt kvällen innan.

Hennes sinne snurrade när hon tänkte på hur hon hade känt att få smisk av sin pojkvän och hon slingrade sig i sätet när hon insåg att hon behövde svara.

Han stirrade på skärmen, meddelanderutan var tom, för tillfället och väntade på hans svar.

***

Han började flippa, men så såg han att hon skrev.

Hans hjärta slog snabbt och han fick panik innan han äntligen såg vad hon skrev.

"Ja sir."

Hon skrev snabbt och fick henne att agera på sig själv och sin tur:

"Gå sedan in på mitt kontor och stäng dörren. När du kommer in på mitt kontor kommer du att lyda alla mina order, du kommer att ligga i mitt knä utan att tala och du kommer att underkasta dig mina smiskar."

***

Hon blinkade åt hans svar.

Det här spelet började bli seriöst, men det var bara ett spel, eller hur?

Testade han henne?

Ska jag gå tillbaka?

De var både nervösa och spända av sina egna skäl, klistrade vid datorskärmen.

Hon ville inte vara den första att backa och få honom att reta henne.

Hon skrev:

"Ja herre".

***

"Kom sedan till mitt kontor, Susy, och stäng dörren."

Det fanns inget svar, men hon rusade in på sitt kontor och stängde dörren som en rädd kanin, trolös på vad hon just hade accepterat och trodde att han fortfarande lekte med henne.

Han satt till synes oberörd när hans kropp värkte efter henne och såg hennes rädsla, förvirring och värmen i ögonen som höll henne igång.

"Mitt knä väntar"

Hon tog ett steg framåt och han höjde sin hand, stannade mitt i steget.

"Du gick med på att lyda mig när jag kom in i det här rummet, eller hur?"

Synbart darrande viskade hon:

"Ja herre".

Han pekade mot marken, blev modig och grymtade,

"Kryp mot mig."

Han såg känslorna spela i hennes ansikte, motvilja, rädsla, rädsla, spänning och slutligen underkastelse.

Han släppte ut andan han höll när han såg början på sin dröm gå i uppfyllelse, hennes lilla kropp föll ner på knä och sedan i hans händer när hon började krypa mot honom.

Han kände hur hans kuk ryckte vid åsynen av henne.

Det var hans äntligen, om så bara för denna eftermiddag.

***

Hon kunde inte tro att hon gjorde det här, den här mannen som hon hade känt hela sitt liv var på väg att verkligen slå henne.

Spelet hade gått för långt, men varför stoppade han det inte?

Hon inser att hon ville ha honom!

Åh gud, ville hon ha honom?

Var det något fel på henne?

Varför kändes det så här?

Hennes ögon låste sig på hans starka kropp i hans stora stol när hon nådde hans fötter och glidande som en orm flyttade hon i hans knä.

Han visste att det var fel, men han kunde inte låta bli.

Utan ord, utan diskussion, utan att smeka henne för att hon var en duktig tjej, smällde hans hand hårt i hennes rumpa och hon tjöt.

***

Han såg på den vackra ängeln som kröp mot honom, hans sinne gick till de mörkaste platserna och måste backa, så ung och lättpåverkad att han inte insåg sitt värde.

Han använde all sin viljestyrka för att förbli oberörd när hon glider upp på hans knä, säker på att han kan känna denna hårdhet i hennes mage när han lyfter hennes kjol, avslöjar en rosa stringtrosa, höjer sin hand och slår henne med all sin kraft...

Om så bara för denna gång han njöt av det.

Se hennes spända muskler krusa under attack och hennes handavtryck lyser rött på hennes vita hud.

Hon skriker och flämtar:

"Åhhhhh thatooo hurtsleeeeee".

Hon skriker och vrider sina ben sparkande medan han piskar henne djupt igen.

***

Hon tappar koll på smisken när smärtan fyller hennes lilla kropp och värmer upp henne.

Hon märker värmen som börjar i hennes lilla fitta och vätan på hennes lår när han piskar henne.

Förlorad i sin värme och behov av att skrika, små tårar stryker hennes kinder.

***

Hans hand domnar när han piskar henne hårt och njuter av stramheten i hennes hårda muskler, hennes skrik och vädjanden om att hon ska sluta slå honom när han målar hennes lilla rumpa ljusröd.

Han stannar när han ser henne våt mellan hans ben, otroligt nog, hennes lilla kropp rycker i hans knä.

***

Hennes sinne låste sig i den här mannens kraft när hon flämtar och skriker.

När han fortsätter att piska henne hårt och snabbt, tar hennes kropp över när hennes sinne rullar, hon känner värmen och det uppdämda behovet av en alltför oduglig pojkvän och förlorad i känslan av att hon kommer, blir hård och sin orgasm. sprutar på hennes lår med denna enkla smisk.

Hon känner att han stannar och dör inombords.

Hans skam fyller henne när hon darrar i hans knä, flämtande och snyftande.

Värmen från hennes rodnad fyllde hennes ansikte, så generad, hur kunde hon ha gjort det?

***

Han ler när han ser hur hennes ansikte blossar av förlägenhet, håller henne på plats och vet att detta är hennes ögonblick.

"Under nästa vecka kommer du att bli min slav. Detta kommer att vara din kungliga sysselsättning. Du kommer att lyda mig i allt jag befaller dig. Du kommer att hålla dig i sikte hela tiden och be min tillåtelse att lämna om det behövs, även om det bara är för att gå på toaletten. Jag kommer att äga dig och du kommer att lyda mig. I slutet av en vecka kommer vi att prata om detta igen."

* * *

Hon ligger i hans knä och känner orgasmen av hans smisk och lyssnar på hans ord.

Det är ett uttalande, inte en fråga.

Han inser att han inte har gett honom alternativ.

Hon lutar på huvudet i skam och skakar åt det hon just gjorde.

Och hon stönar:

"Ja herre"

ACCEPTERAR SITUATIONEN

"Din slav i en vecka."

Veckan kunde inte vara så illa eftersom han alltid hade behandlat henne som en prinsessa.

Även efter hennes svåra tid för några minuter sedan och hennes begäran om fullständig lydnad i en vecka, hade han plockat upp henne, torkat hennes tårar och skickat henne till hennes privata badrum för att städa upp.

Hon stod framför spegeln och återupplevde sin skam, hon var en dålig tjej och nu visste Robert det.

Jäklar!

Hon bet sig i läppen och undrade om han skulle hålla allt detta hemligt medan hon spelade hans spel.

För det var ett spel, eller hur?

Han kom ut ur badrummet, hans ansikte reflekterades inte längre av det som just hade hänt med hans röda rumpa som det enda yttre beviset på det.

Hon gick mot honom och kände hur hennes ansikte rodnade igen och han gav henne sin sperma genomdränkta stringtrosa.

"Ok, så bra. Men vi har båda människor som vi älskar, och det här var, ummm, kul, men jag vill inte att någon av dem ska veta ..."

När han såg hennes djupa rodnad och hörde självbeskyllningen i hennes röst, avbröt han henne genom att trycka på hennes fördel:

"Att du lät mig smiska dig tills du fick orgasm? Att du har gått med på att slavar åt mig i inte mindre än en vecka? Min söta Susy, du är en väldigt stygg tik!"

Han såg henne blekna vid sista ordet tills han sänkte huvudet för att titta ner mot sina fötter.

Framför sig lyfte hon hakan, höll den rosa stringtrosan framför sig och han log.

"Förstå att jag inte vill skada våra familjer heller. Men från och med nu kommer du att kalla mig Mästare när vi är ensamma. Jag, min söta babe, är en Mästare och som sådan behöver jag en slav. En vecka här på jobbet och i slutet av veckan kommer vi att tala igen och vi får se hur vi fortsätter därifrån."

Med det stoppade han stringtrosan i fickan och gick tillbaka till sitt skrivbord.

Han lyfte ett kuvert till henne och mötte hennes frågande ögon.

"Det här är en lista över de regler du måste följa under veckan. Du kan gå hem nu och studera det där. Kom tidigt imorgon, vi har mycket att göra. Vi ses klockan sju på morgonen."

Han reste sig upp och kysste hennes kind försiktigt, han lämnade kontoret och avslutade dagen.

När han närmade sig för att kyssa honom, hörde han honom viska, "Ja, mästare", vilket fick honom att le brett.

REGLERNA

Den natten låg han i sängen och läste sina instruktioner för veckan och skakade på huvudet.

Det kändes väldigt obehagligt, men av någon anledning kunde hon bara inte säga nej.

Men jag borde ha sagt nej.

Han hade rätt, hon var en hora.

Hon hade velat känna hur han slog henne.

Hennes pojkvän var söt men han kunde aldrig riktigt slå henne som Robert hade gjort.

Hon hade känt hans hårda kuk pressas mot hennes mage, mentalt med tanke på dess storlek och form.

Hennes pojkvän bleknade i jämförelse med hennes fantasi.

Hon somnade och återupplevde smisken och tänkte på den kommande veckan, hennes hand fångade mellan benen och fick sin andra orgasm för dagen.

***

Vaknade tidigt för att duscha.

Han rakade allt enligt anvisningarna i reglerna och klädde sig noga.

Hennes hår var uppbundet i en välgjord hästsvans.

Och hon klädde sig i en camisole under sin blus istället för en behå, tacksam för sina pigg små bröst och la sina trosor under sin korta kjolkostym.

Med sminket på enligt anvisningarna tog hon tag i sin handväska och sprang ut genom dörren lagom för att hinna med den tidiga bussen till jobbet.

Frånvaron av att den vanliga morgontrafiken var så tidigt gjorde att byggnaden verkade märkligt öde när hon kom, tänkte hon när hon steg i hissen.

När hon gick in i det tysta kontoret blev hon förvånad över att se lamporna tända och att han redan var där.

Han flyttade sig till sitt skrivbord och smsade snabbt "God morgon, Mästare" för att meddela honom om hans ankomst.

***

Han tittade på klockan och log.

Precis i tid.

Han hade ägnat natten åt att planera den kommande veckan.

Belöningen för de ackumulerade åren då han behövde äga denna vackra flicka som var så besatt av honom.

Han behövde att hon skulle acceptera sin nya roll, förslava hennes kropp och själ, och hon hade bara en vecka på sig att göra det.

Han hade planerat hela natten innan han bestämde sig för nästa drag.

Leende skrev han:

"Bra tjej, du är här i tid. Kom till mitt kontor, stäng dörren och klä av dig. Gå sedan till mitten av rummet och vänta där."

***

"Ja mästare."

Hjärtat bultade gick hon in på sitt kontor och stängde dörren efter sig.

Hon kände hur hans ögon tittade på henne, vände sig om och tog ett steg framåt.

Långsamt tog hon bort varje klädesplagg hon hade på sig och lade det på golvet bredvid sig.

Till slut placerade hon sig naken på den mjuka mattan, i mitten av rummet, för att vara utlämnad till hans nåd, hans slav.

Hon såg honom när han reste sig och flyttade sig från sitt skrivbord.

Han svävade runt henne medan han tittade på henne, topp till tå, varenda tum av hennes hud, utan att röra henne, men så nära att hon kunde känna värmen från hans kropp på hennes gåshud.

Plötsligt återvände han till sitt skrivbord, sa åt henne att klä på sig och börja arbeta, och slutade henne att vara uppmärksam för att fortsätta med sitt arbete.

***

Han kunde se hennes förvirring och besvikelse när hon klädde på sig och gick tillbaka till sitt skrivbord.

Han visste att hon var redo att göra vad han än beslöt, att lyda hans vilja och mer så, att hans förödmjukelse och skam fick henne att spela hans spel, men han ville inte pressa för hårt.

Han behövde att hon ville mer, för att behöva mer.

Han vände sig om för att titta på sitt träningsprogram på sitt skrivbord.

Hans kulinariska lektioner gick bra.

Människorna i företaget verkade gilla det.

Han knackade på hakan när han tänkte att det kanske är uppe i luften att snart beställa en middag med några vänner från klubben.

Han satt vid sitt skrivbord med sitt sinne och mindes smisken han gav henne, hans kuk svällde av det, hans hand som borstade mot henne kände upphetsningen, såg henne naken och så villigt lydig att det nästan fick honom att glömma sina planer, sin lust och nöd. att dominera flickan.

Skickade ett snabbmeddelande:

"Onanerar du, Susy?"

Han väntade medan snabbmeddelandet blinkade på hans skrivbord.

Han kunde föreställa sig att hon ryckte, knöt ihop sin fitta vid frågan, men hon hade redan erkänt så mycket mer under deras lekar.

"Ja, mästare, ofta."

Han skrev följande meddelande och valde sina följande ord noggrant, och ville inte bara leka med henne utan få honom att tänka:

"Kan det vara så att den här unge mannen, som du inte ser mycket, inte tillfredsställer dig tillräckligt, lilla kärring? Kanske den här veckan hjälper dig att hålla dig nöjd."

Med detta avslutade han samtalet.

***

Vid sitt skrivbord blev hon chockad av svaret och det plötsliga avslutandet av samtalet, men hon fick reflektera över hans ord.

Senare, upptagen med sitt arbete, förstod hon inte att han hade kommit bakom henne förrän hans hand kröp ihop på hennes axel och vilade på hennes högra bröst.

Han lutade sig ner för att viska i hennes öra:

"Jag ser bara min lilla tik arbeta hårt."

Han smekte den härdade bröstvårtan och lyssnade på hennes andning snabbare och log.

Han tog sedan bort hennes hand och lämnade sitt kontor innan han vände sig mot henne:

"Du vet, Susy, det här kommer att bli en mycket tillfredsställande vecka."

***

Han höll henne nervös hela dagen med små smekningar och små skämt som alltid fick henne att vilja ha mer för hans omedvetna rörelser och hon rodnade mer och mer.

Nöjd med att han hade väckt sitt behov hela dagen ville han ha mer.

Budbäraren flimrade på sitt skrivbord.

"Innan du går idag, lilla kärring, kommer du att dyka upp vid mitt skrivbord och be om tillåtelse att lämna min tjänst för dagen."

***

"Ja mästare." Han skrev och skyndade sig att avsluta det han gjorde och göra i ordning sitt skrivbord.

Hon var lite upprymd.

Han hade retat henne hela dagen, hennes trosor var blöta och klibbiga och hon kunde inte fatta att hon kände sig så varm.

Hon rodnade och visste att hon var den lilla tiken han kallade henne, men hon kunde inte hjälpa sig själv.

Hon reste sig och gick in på hans kontor, stängde dörren och väntade på att han skulle föra henne närmare.

Det var så här i några minuter, även om det verkade vara mycket längre.

Detta gjorde henne mer nervös tills han tittade på henne och pekade på en plats på golvet bredvid hennes skrivbord.

"Här, Susy."

Hon flög nästan till platsen och ville vara nära honom igen.

När hon såg leendet lysa upp hennes ansikte av hennes hunger, fyllde hennes rodnad hennes ansikte igen.

"Innan jag lämnar finns det ytterligare en sak jag måste utvärdera." Han kunde se henne darra lätt när hon absorberade hans ord. "Var en bra hora och luta dig över skrivbordet framför mig, Susy."

När han såg hennes blick av missförstånd väntade han inte på att hon skulle röra sig, utan reste sig istället upp, tog henne i armen och pressade henne att luta sig mot skrivbordet, hennes fötter rörde knappt golvet.

Han körde sina händer uppför hennes lår och spred dem brett, han klickade hårt med tungan.

"Min lilla tik Susy, vad har du gjort idag för att få det här så blött?"

När han hörde hennes lilla gråt och såg den djupa rodnaden, log han åt hennes reaktion.

Han kunde lätt ha skyllt på hennes ständiga spel för hennes upphetsning, men hon förblev tyst, skämdes över att han kallade henne en hora.

Han körde med fingrarna över de blöta bomullstrosorna och fortsatte.

"Vad ska vi göra med en sådan blöt slampa?"

Han hakade in fingrarna i hennes trosor, strök över hennes våta slits och såg hur hon slingrade och flämtade efter alla lekar han utsatt henne för under dagen.

Han tog tag i hennes klitoris mellan tummen och pekfingret, klämde långsamt och morrade:

"Svara mig, lilla kärring!"

Han hörde henne stöna högt och såg henne darra och log igen.

Pressade mot hennes skrivbord, hennes lår breda ut sig.

Hon kände hur hans förödmjukelse över hans ord fyllde hennes ansikte med färg, vilket gjorde henne våtare.

Hans lekfulla händer och fingrar höll henne nervös hela dagen, hennes lilla kropp krävande och i behov av hans beröring.

Nu fick känslan av hans fingrar när de strök hennes fitta att hennes höfter rörde sig omedvetet.

Hans ögon vidgades när hans fingrar fattade och klämde hennes klitoris och hon stönade högt:

"Ja, Mästare, jag menar, ingen Mästare, herregud!"

"Du vet vad du ska göra!" Hon skrek när han slog hennes rumpa hårt.

Han fortsatte att klämma och orsaka smärta i hennes lilla kropp när hon skrek igen.

Hans ögon fylldes av tårar när han slog henne igen och krävde ett svar:

"En smisk, mästare!"

Hon kände hur hennes klitoris ryckte när han slog hennes lilla rumpa igen.

Vågande av smärta, tårarna rann nerför hennes ansikte, hon fick en orgasm och skrek ut sin smärta och nöd.

Han drog tillbaka sin hand och såg på horan, så glad att hon nästan tiggde honom.

Han lyfte upp henne, kysste hennes tårfyllda ansikte, medan hon okontrollerat ryckte i hans armar, gnuggade henne på ryggen och lugnade henne.

Han ledde henne till badrummet.

"Fixa ditt smink min lilla tik, vi vill inte att folk ska tro att vi är här och spelar något."

Han såg hur hon tittade på sitt breda, retsamma leende när hon rodnade djupt och sänkte huvudet.

***

När hon böjde sig ner för att tvätta och fixa ansiktet kom hon ihåg hur det kändes när han rörde vid henne.

Den uppenbara hårdheten under byxorna.

Hennes sinne vandrar med bilder av hur hans kuk måste vara.

Hon ryste.

***

"Eftersom du är en så otrevlig tjej, men du har ett änglansikte, kommer du ha blöta trosor, Susy, låt folk undra om ängeln är så oskyldig som han verkar!" Han frossade i det rysande uttrycket i hennes ansikte. "I morgon efter att du duschat vill jag att du väljer dina favorittrosor och lägger dem över den lilla fittan." Hans sinne blinkade tillbaka minnet av hennes snäva, nyrakade fitta från hans inspektion den morgonen. "Så jag vill att du onanerar till gränsen till orgasm och sedan slutar, klä dig färdigt och går till jobbet. Så fort du kommer, kom till mitt kontor."

Hans ögon vidgades, hans hjärta började bulta frenetiskt.

Det han bad om var lite upprörande, men hennes fitta drog ihop sig och hon kände att det droppade ännu mer.

Med darrande röst svarade hon "Ja, mästare".

Han tittade på henne med genomträngande ögon som fick henne att rodna mer.

Hans hand gick runt henne för att röra vid hennes våta, bomullsklädda fitta.

Viskar sedan i hans öra med ett hotfullt morrande:

"Och ha inte sex med din ouppmärksamma pojkvän den här veckan, Susy. Du är min den här veckan. Förstår?"

Hans ansikte lyste upp briljant när han viskade: "Ja, Mästare."

***

Den natten sov hon av och på.

Hennes drömmar var fyllda av honom, hans kropp var så upphetsad att han verkade konstant blöt och behövande.

Hon funderade på att ringa sin pojkvän.

Hur kunde Mästaren ta reda på om han gjorde det?

Hon visste innerst inne att det skulle få henne att känna sig frustrerad och skyldig, så hon grävde ner huvudet i kudden och försökte somna om.

***

Nästa morgon, efter långa förberedelser, åkte han till jobbet, på rastlösa ben när han reste.

Han såg sig omkring för att se om folk kunde känna hans upphetsning, hans bröstvårtor hårdnade hela tiden av sitt behov av att komma och gjorde att hans lilla knapp irriterade honom.

***

Hon gick direkt till sitt kontor vid ankomsten.

Han var i telefon med någon och när hans ögon vände sig mot henne dök ett leende upp.

Han tog upp en penna och skrev "klä av sig" på anteckningsblocket bredvid honom.

Han vände sidan till henne och visade platsen framför hennes stol mellan hennes utbredda ben.

Hennes ben skakade när hon lydigt gick runt det stora skrivbordet och började klä av sig.

Han täckte munstycket med handen och viskade:

"Långsamt, det är inte en medicinsk undersökning"

Han blinkade åt henne och hon rodnade och nickade och förstod att han skulle klä av sig mer sensuellt.

Detta gjorde han och till slut hörde han honom säga:

"Förlåt Harry, jag måste lämna dig nu. Jag ringer dig senare, någon kräver min uppmärksamhet."

Han log mot henne och lade på telefonen.

Han inspekterade henne kritiskt, körde ett finger nerför hennes inre lår för att känna hennes väta, lutade sig sedan bakåt och körde tungan över spetsen på hennes blöta finger.

"Vänd dig om och böj dig över skrivbordet din lilla kärring, och med dina ben utspridda."

Hon vände sig om och vek och presenterade sin spända lilla rumpa för honom.

När hon såg den lilla spetsen av tyget som spirade från hennes fittläppar, nypte han den och började, frestande, sakta dra.

Storögd och nästan vattnig från virvelvinden av känslor och känslor, rörde han hennes trosor och såg hennes fitta droppa ännu mer när hon lyfte dem.

När tygremsan kom in i hennes slits drog han till hårt och såg hennes ansikte i fönstrets reflektion när hon bet sig i läppen och stönade.

Han slog på hennes bara rumpa och sa åt henne att resa sig upp och tittade kritiskt på henne medan hon rätade på sig och vände sig mot honom.

Efter sin inspektion slog han henne i rumpan en gång till och beordrade henne att fixa sina kläder, ta på sig hennes genomdränkta trosor och gå tillbaka till jobbet.

Det rodnade och förbryllade ansiktsuttrycket gladde honom mycket.

Sedan vände hon ryggen åt honom och tog upp telefonen för att återuppta deras tidigare samtal, hennes ögon fokuserade på hennes reflektion i skiljeväggarna på hennes kontor.

"Åh ja." Han tänkte för sig själv: "Det här kommer att bli en mycket tillfredsställande vecka. Och om min plan lyckas kommer det att ta mycket, mycket längre än en vecka ..."

MÖTE MED EN CHEF

Han återvände till sitt skrivbord, hans ansikte rodnade av förlägenhet och förlägenhet.

Det hade inte ens fallit honom in att säga nej och stoppa spelet.

Han satt i långa minuter och undrade vad som kunde hända om han gjorde det.

Gud, tänkte hon. "Skulle jag sparka henne och förklara för hennes familj varför eller berätta att hon var tvungen att göra det för att hon var så stygg?

"Kanske," resonerade hon. "Hon kunde gå till sin pappa och berätta för honom vad den här mannen fick henne att göra, men hon blev deprimerad när hon insåg att han egentligen inte hade gjort något som hon inte hade gått med på eller bett om och hon kunde inte berätta det för sin far."

Hon log när hon tänkte på sin älskade far.

Hon var hans söta ängel, och hon kunde inte stå ut med att göra honom besviken med sanningen, att hon var en liten oxå som Mästare Robert kallade henne.

Förlorad i sin drömmar såg hon inte det blinkande snabbmeddelandet förrän det var för sent.

Ett andra och tredje meddelande dök upp "HÄR NU!"

Hon hörde nästan honom skrika när hon hoppade och darrade av förväntan.

Hon svarade inte utan sprang in på sitt kontor och stannade precis vid dörren.

När han gick in, och utan att tala, vinkade han henne att stänga dörren och pekade på en plats framför hans skrivbord.

Hon gick sakta fram till platsen och stod förväntansfull när han skrev klart anteckningar på sin dator.

Han tittade besviket på henne och skakade på huvudet.

Hans tystnad gjorde henne mer nervös och han reste sig och förföljde henne, drog upp hennes kjol, blottade hennes fortfarande blöta trosor och slog hårt mot rumpan.

Han njöt av hennes tjut, vände henne om och kramade hennes haka hårt fick henne att titta in i hans ögon.

Han lutade sig in i hennes ansikte och morrade, "Jag, Susan, är din Mästare! Du, min flicka, är min slav och din ouppmärksamhet får mig att tro att du måste komma ihåg det."

Han såg hur hennes ögon avvek från hans.

"Titta på mig!" Han morrade in i hennes ansikte och njöt av hennes suck när hennes ögon lyftes mot honom.

Hon tittade upp på honom och började stamma om ursäkter, men han tryckte sin hand hårdare mot hennes haka vilket tystade henne medan hennes ögon fylldes av tårar.

Hon såg så vackert sårbar ut att hans kuk ryckte.

"Du måste såklart straffas, men jag tror att du skulle tycka om att ta en smäll till, eller hur, min lilla kärring?"

Han tittade med tillfredsställelse på hur hans förlägenhet sköljde över hans ansikte när hans mörka ögon tittade upp på henne.

"Jag väntar på en av cheferna och jag har inte tid att ta itu med din olydnad just nu," skickade hon henne till hörnet av hennes kontor bakom sitt skrivbord, fortsatte hon, "Stå i hörnet som den stygga tjejen att du är, medan jag träffar Alan."

Han kände hur hon stelnade och såg hur hennes händer började glida nedför kjolen, men han slog henne hårt i rumpan och lämnade ett rött och varmt intryck.

"Lämna kjolen som den är. Korsa armarna framför dig om du inte ens kan följa den enkla instruktionen."

Han hörde hur hon stönade och kvävde en snyftning, och med ett lättande leende gick hon tillbaka till sitt skrivbord.

Hon bleknade fysiskt när hon hörde honom höja rösten och ropa:

"Kom in Alan. Jag är ledsen att min assistent inte var där för att släppa in dig."

Han hörde en djup röst skrattade när Alan kom in.

"Inga problem, Robert. Jag ser att du har renoverat här. Mycket trevligt måste jag säga, och den där touchen av rött du har lagt till, fantastiskt!"

Hans sinne rasade:

"Pratade han om henne? Visst inte"

Men hon kunde inte låta bli att en ljus rodnad dök upp på hennes kinder när hon tittade ut genom nästa fönster.

Hon försökte hålla sig stilla och inte bli förvirrad i hopp om att hon skulle försvinna i bakgrunden medan de pratade om någon klient eller något annat.

Till slut avslutades mötet och Alan lämnade glatt:

"Jag tror att jag skulle kunna inreda mitt kontor på ett liknande sätt, Robert, men kanske med nordiskt tema."

Han gav Robert en slug blinkning och tillade:

"Jag blir galen när jag ser en kurvig blondin. Det kanske är dags att göra Anne till min personliga assistent."

Han skrattade högt när han gick och hon kröp ihop.

NY LEKSAK

Han lät henne stå där i ytterligare en halvtimme medan han fyllde i rapporter på datorn innan han till slut ringde henne att komma till honom.

"Jag hoppas att jag inte behöver straffa dig igen, lilla slav, och för att hjälpa dig uppmärksamma har jag en present till dig."

Han öppnade en låda i sitt skrivbord, tog fram en liten varmrosa cylinder och tittade på henne medan hon tittade nyfiket på den.

"Hon är verkligen så oskyldig", tänkte han för sig själv och log när han vinkade henne att gå in i det privata badrummet och stoppa in den nya leksaken i hennes fitta som en tampong.

Han älskade hur känslor spelade i hennes ansikte och rodnade förtrollande när hennes sinne kämpade mot hennes underkastelse till honom.

"NU, slav!"

Hon tog det lilla föremålet från hans hand och gick sakta till badrummet och vände sig om för att stänga dörren.

Men hon såg hur han lutade sig ute och tittade på henne.

"Jag måste kissa först, snälla Mästare." Hon stammade.

"Fortsätt lilla slav, jag kommer inte att stoppa dig." Han backade lite, men rörde sig inte från dörren för att hålla den öppen.

Han stelnade och vände sig om när han hörde henne sucka högt.

Hon verkade inte märka det när hon drog ner sina trosor för att kissa och satte in leksaken.

Hon ställde sig upp och drog tillbaka sina fuktiga trosor på plats.

Och när hennes händer var redo att sänka hennes kjol hörde hon hur han knäppte med tungan.

Hon tittade upp för att se honom skaka på huvudet.

Hon lämnade kjolen tätt runt midjan, tvättade färdigt sina händer och följde honom till hans skrivbord.

Hon såg att han rynkade pannan åt henne och undrade vad hon kunde ha gjort för att göra honom upprörd nu.

"Susan, det här är en lektionsdag för dig, tror jag."

Han stannade en stund och lät henne tänka på hans ord.

"Slavar suckar inte efter sina Mästare! Förstår det? Det är enkelt, ja Mästare, för eftersom du är min slav kommer du att lyda mig!" hans ögon låstes med hennes när han förklarade sin senaste överträdelse.

Han såg skräcken och pinsamheten passera över hennes ansikte, hennes tänder knäppte på hennes underläpp igen bedårande.

Ibland är det som att straffa en liten tjej, tänkte hon.

Med stora ögon nickade hon och återhämtade sig tillräckligt för att viska, "Ja, Mästare" när hon såg honom hårdna ytterligare av ilska.

Hon var rädd nu, eftersom hennes uppenbara ilska bekräftade för henne att detta inte längre var en lek.

Bekräftelsen slog henne som ett slag i ansiktet som nästan gungade henne tillbaka i hälarna med kraften av hennes nyfunna medvetenhet.

Hon visste att hon hade kommit för långt, gjort för mycket, låtit honom göra för mycket mot henne, för att nu kunna backa eller be honom sluta.

Vilket sådant ord som helst skulle ha dött i hans hals.

Efter minuter av tystnad började hon snyfta och vände sig om för att gå därifrån.

Han såg hur hon gick sönder, insikten om hans avsikter sköljde över henne.

Det här var hans tid att börja göra henne till hans.

Han var tvungen att röra sig snabbt innan hon fick panik och sprang från honom helt.

Han sträckte sig blixtsnabbt ut och tog tag i hennes arm innan hon hann springa.

Hon höll en fjärrkontroll för ögonen och tryckte på knappen för att få igång ett lågt brum i hennes fitta.

Hon ryckte till och stönade och tittade upp på honom.

Med djup röst sa han:

"Ja, lilla slampa, jag kontrollerar den nya leksaken i din fitta precis som jag kontrollerar dig. Jag är din Mästare."

Han tittade in i hennes rädda ögon medan han smekte hennes rumpa.

Leksaken surrade i högre hastighet.

Hennes andning började öka med hennes känsla av spänning.

Han lutade sig ner för att viska i hennes öra:

"Du gillar att vara min hora, eller hur, Susy?"

Han gick ännu närmare och drog henne närmare sig medan han fortsatte:

"Utan att behöva dölja hur stygg du är och känslorna i den där trånga lilla fittan som leksaken lämnar åt dig när du är med mig, så vet du att det var meningen att du skulle tjäna mig."

Med det slog han henne hårt på rumpan och värmde den med sitt handavtryck.

När han såg henne bita sig i läppen kunde han se känslorna spela över hennes uttrycksfulla ansikte när det fylldes med färg.

"Du kan vara dig själv med mig, Susy. Jag älskar allt du är och allt du kan och kommer att vara för mig."

Hon kunde känna värmen komma av henne, skam och rädsla blandat med den växande sexuella hungern som dök upp i hennes gröna ögon på grund av upphetsningen av leksaken i hennes fitta.

Det var ett långsamt, medvetet val av ord, som lät dem invadera hennes sinne medan hon kämpade med insikten att detta aldrig skulle bli en lek för honom igen.

Han talade för att outtröttligt fylla hennes huvud med sina önskningar.

"Jag har känt dig nästan hela ditt liv. Alltid så söt, så oskyldig och så lydig att jag visste att du föddes till att bli en slav, min lilla vix. Du behöver en Mästare som ger dig det nöje och den smärta du längtar efter."

Han höll sin röst ett mjukt, lågt sorl i hennes öra, men med en sträng, befallande kant till sina ord.

"Du kan lita på mig, Susy, jag ska ta hand om dig och hålla dig säker medan jag matar dina begär och önskningar."

Han markerade detta med ytterligare en smäll mot sin redan röda rumpa.

"Allt jag ber den lilla slaven är att du tjänar mig och lyder mig väl. Jag är din Mästare, Susy. Och du, lilla räv, är den slav jag önskar."

Hon flämtade nu, hennes kropp skakade synligt av upphetsning när han aktiverade leksaken lite hårdare och slog hennes rumpa igen.

"Jag kommer att äga och ta hand om dig som min mest värdefulla ägodel. Som din Mästare kommer jag att träna dig att behaga mig och straffa dig när du inte gör det."

Hans hand smällde in i hennes rumpa igen.

Hon spred sina ben något bredare, höll henne knappt upprätt när han gav henne vad hon behövde.

Precis som han ville dominera henne behövde hon hans krav på kontroll över henne.

Hon kunde se och känna hur varm han blev varje gång hon lydde hans allt mer avvisande kommandon, även nu när han tittade in i hennes tårfyllda ögon.

"Du måste lita på och lyda din Mästare, Susy." Han smällde till hennes rumpa igen och morrade lågt, "Kom och hämta mig, min lilla slampa. Lyd mig och sperma för din Mästare, slav."

Han placerade sitt ben mellan hennes medan hon svängde på sina höfter, lät henne mala sin våta, bultande fitta på honom och titta på hennes huvud luta bakåt för att stöna.

Han slog sina armar runt hennes lilla kropp och drog henne nära när hon började darra och rysa, lyfte upp henne, bar henne till en uppstoppad stol och satte sig med henne i knät och lät surret inuti henne sakta försvinna.

I det ögonblicket ville hon inget hellre än att behaga honom, att lyda honom, att bli omhändertagen och uppskattad.

Hon satt länge i hans knä och kände hur han smekte henne, strök henne över håret och ryggen medan hon lugnade ner sig.

Hon kunde inte säga vad hon kände, hon tänkte igenom allt hon hade sagt och gjort.

I de saker hon hade gjort och låtit honom göra mot henne under de senaste tre dagarna, i hans ord av förtroende och omsorg, njutningen och smärtan han gav henne.

Omedvetet slingrade hon sig och bet sig i läppen igen.

Hennes rodnad fyllde hennes ansikte, hennes förlägenhet och förnedring tog över alla andra känslor.

Hon var fortfarande lite rädd för hans ilska och vad den här påstådda leken verkligen betydde för henne, men hon kände också hans kärlek till henne.

Han var nästan som en fadersgestalt, sträng och sträng men kärleksfull när hon vaggade sig så i hans famn.

Var det fel av henne att tänka på honom på det sättet med tanke på vad han hade gjort och låtit honom fortsätta göra det mot henne?

Han accepterade inte bara deras spratt utan uppmuntrade dem.

Det hade fått henne att skrika efter orgasmer, men hon hade inte sökt sin.

Hans sinne vred sig med vad han kände.

Hon kände att hon ville göra det här för honom, det starka behov hon hade känt av att fly från honom drevs i bakhuvudet, ersattes i detta ögonblick av en önskan att behaga honom när hon funderade över hans ord, omsorg, tillit och kärlek.

Hon föreställde sig hur det skulle vara att bli knullad av honom och fylld med hans sperma och hon vred sig i hans famn och tryckte mot hans starka hårda kropp.

Han satt med henne i hans knä och tittade på hennes ansikte och visste att hon övervägde allt han hade sagt till henne när han matade hennes växande masochistiska behov.

Han log när han såg henne bita sig i läppen och rodna.

Han behövde äga denna vackra lilla flicka, kropp och själ, för att få henne att bära hans smärta mer och lida för honom, men han behövde att hon kom till honom villigt.

Hans tankar blev mörkare, och det krävdes all hans viljestyrka att inte kasta bort hans plan och ta hennes kropp just nu för att äga henne och tvinga henne till hans tjänst.

Hon bestämde sig för att hon var tvungen att hitta en av företagets slampor för att reda ut sin frustration innan hon tappade beslutsamheten.

Han slog hennes rumpa lätt och väckte henne:

"Lilla kärring, du har varit en värdelös personlig assistent i morse, så gå tillbaka till ditt skrivbord och fortsätt med ditt arbete. Jag ringer dig om jag behöver dig."

Han log när leksaken surrade kort och fick henne att flämta och förstå dess innebörd alltför tydligt.

Han hjälpte henne upp från sitt knä och log när han tog in hennes rufsade blick och hennes blöta blöta lår.

"Du kan använda mitt badrum för att städa upp dig, lilla slampa, men lämna leksaken där den är." Han log medan hon flämtade och tittade kort på honom.

"Om jag älskar."

När hon skyndade till badrummet och tittade på sig själv i spegeln undrade hon om hon någonsin skulle sluta rodna när hon var med honom.

När hon snabbt fixade sminket och torkade bort bevisen på nöjet han gav henne, ryckte hon till när hon vände sig om för att se sin rodnade rumpa.

När hon lämnade badrummet såg hon att han hade gått utan ett ord och gick tillbaka till sitt skrivbord och kände sig konstigt ensam utan hans ständiga närvaro.

EXPONERAD INFÖR ANDRA

Några timmar senare kände hon hur leksaken började nynna igen några ögonblick innan han kom tillbaka och såg avslappnad ut och log ljust mot henne.

Han återförde leendet till hennes ansikte vid åsynen av honom, flyttade sig bakom henne och tittade över hennes axel på hennes dator och lade båda händerna på hennes bröst och klämde dem tills hon stönade mjukt.

"Jobbar du hårt min lilla slav?"

Innan han hann svara såg han Alan visa upp sig med Anne, den blonda bomben från receptionen, vid sin sida.

"God eftermiddag, Mr Clarkson," log Susan och försökte ignorera det faktum att hennes Mästares händer fortfarande knådade hennes bröst, även om rodnaden som täckte hennes ansikte talade mycket.

"Susan älskling, jag saknade dig i morse, jag hoppas att du inte hade några problem."

Den till synes alltid sprudlande Alan Clarkson blinkade och skrattade:

"Anne är min personliga assistent nu och jag måste ta henne och handla lite saker så att jag kan träna henne ordentligt i allt som hennes nya roll innebär."

Hon log mot Susan.

"Robert vill ha lite saker för dig också, lyckliga tjej, men vi behöver veta några storlekar och mått. Även om vad jag kan se har din träning varit väldigt praktisk."

Han skrattade godmodigt och såg hur hans Mästares händer fortfarande täckte hennes små bröst.

"Låt oss gå till mitt kontor för att göra en lista."

Hennes mästare skrattade tillsammans med Alan, lyfte upp henne i brösten och slog henne lätt för att få henne att röra på sig.

Han tog henne till mitten av rummet och beordrade henne och stirrade på henne:

"Susan, bli naken så att Anne kan få exakta mätningar."

Han tittade på henne med en sträng blick medan hon tvekade.

Hon frös i misstro, leksaken surrade högre och fick henne att flämta och titta upp och han höjde ett ögonbryn.

Hon svalde och skakade lätt på huvudet.

"NU Susan!" ilska blixtrade i hans ögon när han tittade på henne.

Lekande med darrande händer tappade hon kjolen och tog av sig jackan och blusen som hon räckte till Anne som kollade storlekarna och gjorde anteckningar.

"Bh:n också, Susy, du får behålla de smutsiga trosorna tills vidare."

Han fortsatte att titta argt på henne.

Hon blev upprörd över hans ord och tog av sig behån.

De flyttade ifrån henne när hon hade klätt av sig färdigt.

De två männen flyttade sig till sin Mästares skrivbord för att tyst diskutera sin lista och tittade på henne på avstånd.

Förvirrad inombords låg hon nästan naken och huttrade när Anne rörde vid och mätte olika delar av sin lilla kropp, inklusive hennes handleder, vrister och hals i vad som verkade vara en evighet.

Den blonda kvinnans händer verkade tända henne ännu mer när leksaken nynnade och gjorde henne blötare och hennes bröstvårtor omöjligt hårda, vilket ökade hennes förnedring.

Alan flinade när Anne äntligen reste sig och rullade ihop måttbandet.

"Kom slav, låt oss shoppa!" Susan spände sig, men han tog Anne i armen och ledde henne ut ur rummet och ropade över hans axel. "Vi ses om några timmar Robert."

Susans ögon vidgades vid ordet slav riktade mot en annan flicka och hon vände sig om för att se dem gå.

Han vinkade för henne att komma över, pekade på en plats på golvet bakom hans skrivbord, nära honom, och tittade på henne medan den nästan nakna satt på huk på platsen.

"Tyckte du om att ha de där smutsiga trosorna på dig hela dagen?"

Han körde en hand över hennes höft och hennes fitta kände hennes väta.

"Ingen mästare".

Han log.

"Jaha, ta av dem och nästa gång du blir frestad att ha trosor på dig, tänk på hur det kändes."

Hans leende blev allvarligt.

"Du kommer aldrig att bära något som täcker din lilla fitta igen utan mitt uttryckliga tillstånd. Förstår du mig som slav? Eller så blir ditt obehag mycket värre, jag lovar."

Hans ögon sökte hennes och försäkrade sig om att hon förstod att detta, liksom alla hans order, var omöjligt att förhandla.

Hon drog av sig sina genomblöta, illaluktande trosor, stod darrade och naken framför honom, andades långsamt och viskade:

"Om jag älskar."

Han smekte lätt över hennes rumpa, tryckte ner henne, lutade henne i sitt knä, talade mjukt, men med en kant i rösten.

"Eftersom du är min slav, när jag ber dig att göra något som du lyder, är det rätt slav?"

Utan att ge honom tid att svara och smeka hennes vackra rumpa fortsatte han att säga.

"Det är vad du gick med på. Men för tredje gången idag måste jag straffa dig."

Han hade inte lämnat henne något utrymme att svara och log när hon stönade.

"Din tvekan när jag bad dig att klä av dig var inte acceptabel, du kommer att lyda mig slav oavsett vem som är i närheten."

Han kände hur hon spänd när hon beskrev sin avsky.

"Du måste lita på att jag inte kommer att utsätta dig för fara. Alan är också en Mästare och Anne är hans slav."

Han lät sorgen och besvikelsen smyga sig in i rösten.

"Din vägran att klä av mig när jag beordrade dig att göra det var en reflektion inte bara på dig, lilla slav, utan på mig som din Mästare."

Hon ryckte ihop sig vid tonen i hans röst och fann sig generad över att hon hade gjort honom upprörd ännu en gång, behovet av att behaga honom hade väckt henne tidigare och fått henne att vilja be om hans förlåtelse.

Hon började uttala sin vädjan, men tystade den.

"Jag förstår att du känner dig slav och det gör mig ledsen att jag måste straffa dig igen, men du kommer att lära dig att lita på och lyda mig i allt jag ber dig om."

Hon stönade av förlägenhet, liksom av värmen som byggde upp i henne orsakad av hans strykande hand och leksaken som surrade djupt inuti hennes droppande fitta.

Hon kände hur hans hand gick upp och stärkte sig och trodde att han skulle slå henne, men det ersattes av känslan av en tunn stav som strök hennes hud.

När hans vänstra hand rörde sig under henne för att smeka hennes fitta, vilket gav mer nöje till blandningen av känslor som far genom henne.

Hon vred sig vid hans beröring, men gav ett förvånat gnisslande när personalen smällde in i hennes rumpa och bet i hennes kött, vilket fick henne att hoppa i hans knä med fötterna flygande.

Hon kände hur hans fingrar sjönk in i hennes fitta och hennes klitoris som höll henne på plats och hon skrek igen, hennes flämtningar och stön förvandlades till smärtsamma jamar och erotiska flämtningar när han slog henne två gånger till medan han fortsatte att fingra hennes fitta.

Tre röda taggiga valsar dök upp på hans hud för var och en av hans överträdelser den dagen.

Han kunde känna bränderna bränna på hans hud när den grymma staven återigen byttes ut mot hans hand.

Hans fingrar vred sig och drog i hennes svullna klitoris när han obevekligt smällde in i de lockiga linjerna, vilket fick henne att vrida sig och böja sig i hans knä stönande av smärta och upphetsning.

Han tittade på den läckra lilla röda kroppen i hans knä.

Hans glädje och upphetsning var tydlig när han såg henne njuta och gråta för honom.

Han var hennes Mästare, en långvarig önskan som väntade på att gå i uppfyllelse.

I slutet av veckan accepterade hon sin plats som hans slav villigt eller så skulle han ta henne med våld om det behövdes, men han visste att han inte kunde släppa henne.

Han talade igen med låg röst och grymtande:

"Kom och hämta din Mästare, lilla slav. Visa mig hur mycket du älskar mitt straff."

Hennes kropp förvrängde sig, bågformade, spände och rysande när hon exploderade på hans kommando.

Hans sinne var förlorat, svävade i ett moln av njutning och smärta för tredje gången den dagen.

Hon skrek efter honom och sprang.

NYA KLÄDER TILL SUSAN

Susan vaknade omtumlad och förvirrad , alltid fortfarande naken .

hon gosade sig själv på stor , med skum stoppade soffan i sin kontor i mästarens famn . _

han höll du mild och skyddande som den _ ljuv älskare .

Men hennes kropp sa något annat till henne och hon behövde desperat sträcka ut sina värkande muskler.

Försiktigt försökte hon frigöra sig från hans armar, bara för att känna hur han spände sig runt henne.

Hon gav upp, rullade armarna bakom ryggen och sträckte på kroppen, kände hur musklerna protesterade och kände mer smärta.

Hon mötte hans ögon när han tittade på henne.

Hon bröt till slut sin kram och körde hans händer över hennes kropp medan hon sträckte sig som en katt.

"Du tillhör mig." sa han helt enkelt.

Slå lätt på hennes höft

"Det börjar bli sent lilla Susy, du har sovit ett tag, jag har en bil som väntar på att du ska ta dig hem."

Han log försiktigt mot henne.

"Du bör klä på dig och gå hem innan jag hittar mer saker som du kan göra här."

Hans ögon vidgades och han skrattade.

"Du kan berätta för alla som frågar att jag höll dig sent på jobbet i träningssyfte."

Han skrattade uppriktigt åt hennes röda ansikte när hon reste sig och tittade på sin klänning.

Hon ryckte till och kände en virvelvind av oro när hon borstade kjolen över rumpan.

Hon gick en kort stund till sitt badrum för att få håret och sminkningen så bra som möjligt innan hon gick bakom skrivbordet för att hämta sina kasserade smutsiga trosor.

Trosorna i handen presenterade hon sig lydigt och frågade:

"Ursäkta för dagen, husse?"

Han log mot henne och reste sig för att kyssa henne djupt.

Hon lät förvånat ut ett litet skrik när hon kände hans läppar mot sina, överraskad av kyssen.

Till allt i det sista dagar hände , det här var hon först mer korrekt kyss och henne smält Med honom .

Han bar dem till hans skrivbord utan kyss _ _ till bryta .

Han lade den försiktigt på bordet med den du deras ficka hämta kunde och talade mjukt :

"Ja, min slav, jag gillade dig äntligen idag."

Han lät en antydan till ett leende korsa sig när han retade henne.

" Gå efter hem innan jag ändrar mig överväga ."

Han klappade hennes rumpa och njöt av hennes stön. Han lämnade henne och gick tillbaka till sitt kontor.

jag var mer som nöjd .

Men han visste inte vad han förvänta skulle , som hon vaknade nästa morgon . _

frågade han själv om han skulle straffa henne på sin dag till långt tog med hade .

Han log för sig själv.

Hon var bedårande i sin naturlig underkastelse , och dock du någon gång under dagen promenad verkade hon var stannade .

***

Bilen väntade på dem, som han hade sagt.

Föraren var vänlig och väl inne gav han honom en påse från en lokal restaurang.

"Mr Robert bad mig ge dig något att äta eftersom han skulle göra dig upp sent till ett träningspass."

Han log mot förvåningen och den rosa färgen som rann ner för hennes kinder när hon tog upp väskan och tackade honom.

Vägen hem var tyst.

Han stirrade på henne i spegeln när hon stirrade ut genom fönstret utan att riktigt se landskapet. Hennes ögon var vilse i tanken på hennes dag.

Han log när hans fingrar rörde vid hans läppar och tänkte på allt som hade hänt.

Och vad som hände, det var hans kyss som blev försenad.

Sanningen var att hon njöt av de saker han fick henne att göra, saker hon aldrig skulle ha gjort ensam eller med sin pojkvän.

Hon gillade att kunna utge sig för att vara en "snäll tjej" som tvingades istället för att erkänna att varje ny upplevelse han gav henne upphetsade hennes sinne och kropp.

Men av alla dessa saker var det kyssen som stannade hos henne.

Intriteten i hans djupa och passionerade kyss hade varit mycket annorlunda än det auktoritativa och sammansatta sättet som han hade provocerat fram hennes kropp, vilket gav njutning och smärta som fick henne att känna sig skyldig och skämmas, behövande och sakna.

Hon visste att det hon gjorde som slav inte var rätt och fram till ikväll hade hon undrat hur dålig hon kunde vara innan veckan var över.

Han rörde vid sina läppar igen, men på något sätt verkade kyssen inte få honom att må så dåligt.

Han hade känt sin kärlek och passion för henne i den enda kyssen.

* * *

hon kastade ner på hennes säng och rullade över sig runt , som du försökte till sova .

"Hon växte upp med att känna honom som en del av sin familj, nästan som en farbror. Hon älskade hans överseende, hemtrevliga fru och var vän med hans son!"

Hon drog av sig täcket och stirrade full av Skuld- och skamkänslor i taket .

"Vad är Med honom hände ?"

stönade hon mjukt som hans hand hennes Kropp smekt dagen ännu en gång genomlevt , henne ilska , hennes rädsla, henne besvikelse , henne skäms _ _ önska , du behöver , honom till fallen och slutligen passionen för hans kyss .

Hon kom den dagen _ _ fjärde gången och somnade trots allt a .

***

Han vaknade och kröp in i duschen . Hans skuld och skam kom tillbaka till honom.

Hon var nästan rädd för att gå till jobbet och ta reda på vad dagen hade i beredskap för henne. Hon mådde dåligt och funderade ett ögonblick på om hon skulle ringa för att säga att hon var sjuk innan hon skakade på huvudet.

Paniken lämnade honom när han kom ut ur badrummet och han förbannade efter andan när han insåg att han skulle bli sen.

Han klädde på sig snabbt och sprang ner för trappan för att flyga ut genom dörren.

Han sprang ut för att lägga sig rakt i sin förares famn från dagen innan.

Han packade du , som du sprang till bussen .

"Susan"

hon tittade hög .

" Lugna ner dig tjejen . Mr Robert fick mig skickas för att hämta dig i morse . "

Hon steg tillbaka och öppnade dörren som ledde henne in i bilen .

hon lydde lydnad bedövad om hans närvaro .

När han klättrade såg han två lådor på sätet bredvid sig.

En innehöll kanelkakor med leende ansikten och hennes favoritjuice.

Och i ett större lådan var en notera till henne regisserad .

Läste hon:

" God morgon min Slave Jag hoppas att du sovit gott det gjorde jag före , på dig som tror den mest värdefulla skatten att se upp för men det finns fortfarande massor till lär dig hur du behagar din mästare _ kan . Du är ung och vacker, du ska inte ha de där gammaldags arbetskläderna som din mamma valde dig. Ät en snabb frukost och ta på dig kostymen från denna låda innan du går till jobbet. Oroa dig inte för föraren, lita på och lyda. Robert. "

Hon knackade på förarens axel och frågade om _ _ dem på ett café eller någonstans Med ett badrum sluta kunde , men han skakade på huvudet.

" Nej. De sa åt mig att ta upp det utan sluta , fröken."

hon tackade nej sig tillbaka och undrade vad jag skulle göra . _

Hon ville inte bli straffad så fort hon kom in.

Efter att ha avslutat kakorna och juicen, floppade hon in i ett hörn av bilen, kramade sin jacka mot bröstet medan hon drog på sig den vita sidenblusen hon hade tagit ur lådan.

Hennes bröstvårtor stelnade och tryckte igenom det mjuka materialet vid tanken på att föraren tittade på henne, men hon ville inte titta i spegeln för att kolla.

Hon drog upp den mörkblå plisserade kjolen från lådan och lutade sig fram för att dölja sin nakenhet.

Hon tog av sig kjolen och satte den nya på sin plats.

För att se bäst ut hade hon istället för blusen och kjolen hon hade på sig blusen och den veckade kjolen.

Han tog en liten jacka från lådan och placerade den på sätet bredvid honom. Han kollade i rutan för att se till att den redan var tom.

Hon hittade lårhöga vita spetsstrumpor och en mindre anteckning...

"Håll upp kjolen medan du tar på dig strumpor så ger chauffören dig den sista biten av din outfit. Lita på och lyda, lille slav. Robert."

Hon antog, generat, att han förmodligen hade sett hur hon förändrades, så hon vandrade upp sin kjole och drog tillbaka strumporna på plats, med resåren sträckt upp för låren.

Chauffören log i spegeln och räckte henne ett par mörkblå högklackade skor som matchade kostymen.

Med röd ansikte tog hennes skor _ Med ett milda " tack " och lägg ner den deras kläder i tomrummet låda .

Han lutade sig tillbaka, tog på sig skorna och undvek förarens ögon under resten av resan.

***

När hon klev ur bilen och tog på sig sin kavaj upptäckte hon att hennes breda slag ramade in hennes runda bröst och de två nedre knapparna drog henne från midjan för att bredda hennes små höfter.

Hon slätade ner den korta veckade kjolen som knappt täckte toppen av hennes strumpor och lutade sig mot bilen.

När hon insåg att hennes bara rumpa skulle visas för sent, tog hon tag i lådan med sina gamla kläder och gick snabbt in i byggnaden och ignorerade leendet på förarens läppar.

Hon tackade honom för resan och han önskade henne en bra dag.

***

Hon nådde hans skrivbord, stoppade sin väska och låda under honom och gick tyst in på hans kontor för att vänta på att han skulle märka när han hade avslutat ett samtal.

Han log mjukt och pekade på en plats framför sitt skrivbord.

Hon trampade nervöst på hälarna som du fortsatte till kontoret .

Hon stod framför honom när han runt hennes skrivbord gick runt och hon tyst besiktigad .

Hans hand rörde sig sig ovan deras lår och under deras kort kjol till henne röv till packa och gå klämma . Hon log när _ du bet henne i läppen och stängde andetag kom .

"Tja, min lilla slav, du har behagat mig med din lydnad. Det här är en av kläderna som Alans slav valde åt dig igår, gillar du det?"

"Åh ja, mästare. Tack."

Hans händer kupade hennes vackra bröst och lekte med hennes bröstvårtor genom det skira tyget, vilket gjorde dem hårda som pilspetsar.

"Ta av din jacka."

Han tittade på hennes uttrycksfulla ögon, drog åt greppet och tryckte på de hårda knapparna mellan hennes fingrar när hon drog av sig jackan.

Hennes andetag slog till, ögonen vidgades och ett stön kom undan henne.

"Så där härlig små tik , min Föraren var så imponerad ."

Hans ögon vandrade över henne.

"Jag hade rätt , du kan vara i denna outfit som stygg skolflicka tillämpa ."

Han tog ett steg tillbaka , lutade sig sig nonchalant på skrivbordet och såg till , hur hon rodnade . _

"Ta av slaven, allt utom skor och strumpor. Det finns andra saker jag vill att du ska ha på dig innan vi börjar vår dag."

När han återvände till henne när hon klädde av sig, smekte han försiktigt hennes rumpa innan han slog den och lutade sig in i hennes öra för att morra:

"Mästare njuter av det rosa rouget på din rumpa."

Han klämde hennes rumpa tills hon stönade, flinade och slog henne igen.

Han tog hennes arm, ledde henne runt sitt skrivbord och placerade henne bredvid sig när han satte sig.

"Böj på knä, slav."

Hon knäböjde medan han tittade på henne.

"Detta är rätt plats för en slav och du kommer att lära dig det bra idag. När du kommer till mig kommer du alltid att knäböja."

"Ja verkligen"

Hon såg hur han öppnade en låda och drog ut flera guldkedjor innan hon vände sig tillbaka mot henne.

Han talade mjukt men strängt.

"Det finns saker du kommer att bära åt mig som inte är kläder. Lägg dina händer bakom nacken och håll dem där." Han såg förvirring fylla hennes ansikte när hon flyttade sina händer bakom hans hals och snörde ihop sina fingrar.

Han granskade kritiskt hennes position och sträckte ut handen för att dra hennes armbågar bakåt, vilket fick henne att kröka sig in i honom och trycka fram brösten.

Han strök henne grovt och retade bröstvårtorna med fler nypor, talade han igen.

"Jag kommer inte att kräva att du ska sticka hål på dessa än, men jag önskar att de var ordentligt dekorerade."

Han valde en kedja och drog i hennes bröstvårtor och förde in dem genom små ringar i vardera änden av kedjan.

De var starka nog att hålla kedjan utan att skada huden.

Han ryckte i kedjan och slog hennes vänstra mes, vilket fick henne att stöna och tårögd.

Kedjebanden drogs åt runt bröstvårtorna när hennes bröst svullnade.

Efter att ha klappat hennes bröst flera gånger, tog han tag i kedjan och drog åt och sträckte ut köttet på hennes bröst innan kedjan lossnade.

Hon stönade, darrade och tårarna rann nerför hennes kinder från sticket.

Det ryckte i svansen när han tittade på henne.

Hon upprepade processen, grovt klämde och klämde hennes bröstvårtor och slog hennes bröst medan hon provade fem olika kedjor, drog var och en av hennes bröstvårtor med kraftfulla drag samtidigt som hon provade en annan kedja.

Halsbandet som hon slutligen valde var prydt med små klockor som hängde från öglorna som klirrade med var och en av hennes smällar.

Nu fick hon tårar i ögonen av smärta när han korrigerade sin hållning ännu en gång.

Han använde sin sko för att trycka upp sig från knäna och grymtade.

"Öppna låren lilla tik jag vill se din fitta lysa medan du njuter av smärtan jag ger dig."

Rodnaden i ansiktet matchade nästan de röda handavtrycken som täckte hennes bröst när hennes bröst höjde sig.

Hon kände hennes fitts spasm och han droppade ännu mer av hans ord.

"Hur kunde han njuta av det?"

Hans bröst dunkade innan värme och smärta .

"Det måste vara något inte med mig håller med , det var inte normalt. Det fanns ingen mild smekningar eller angelägen utseende mellan dem . Endast kommandon , lydnad , smärta och njutning ."

Henne genomgångar flydde lämna tillbaka till till Kyss från dagen innan och hennes läppar darrade tillsammans Med henne kropp , som du att minnas de känslor de har _ känt hade , ryste .

Han knuffade hennes sko mot deras fitta , gnuggade hans tå under till läder på hennes svullen klitoris och såg till , hur henne flämtande gått upp i vikt och du Kropp darrade vad jag skulle göra ledde den där lilla _ _ klocka Lycklig ovan deras sår rodna bröst ringde .

Jag kunde känna värmen i hennes Ögon se som _ deras höfter ovan rullade sin sko och honom gnuggade .

Han fortsatte att leka med hennes fitta och gnuggade det hårda lädret mot hennes svullna klitoris och droppande hål.

Hennes kropp fortsatte att krusa och svängde hennes höfter mot hans sko för nöjes skull.

Han förde sina fingrar genom hennes hår, vred det medan han drog hennes huvud bakåt och lutade sig in för att nästan trycka sina läppar mot hans flämtande mun och viskade hårt,

"Kom till din herres nöje, lilla kärring som njuter av smärta. Du är min."

Han såg hur hon böjde sig hårdare mot hans sko, spände sig och rysade innan hon skrek med sin sperma täckande hennes lår och sko.

"Hon var så vacker på knäna innan honom ."

Han tittade in i hennes ögon än hans svans _ blev smärtsamt hård och fastnade i byxorna .

Han höll sin hand i hennes hår och slappnade av det starka greppet för att stryka henne när hon lugnade ner sig.

Hennes darrande ben böjde sig för att nästla hennes rygg på hälarna.

När hon återhämtade sig från sin löpning sa han till henne:

" Rengör min sko . Slave "

När han såg hur du sig flyttade hennes hand hårt in i hans hår till lyfta , tryckte han ner hennes huvud nedan .

"Med tungan, lilla kärring, smaka på hur söt du är."

Han såg hur hennes huvud böjde sig upp för hennes fötter i tillbedjan och leenden.

Hennes näsa rynkade av avsmak och hennes ansikte rodnade ljust när hon slickade saften av sin sko.

Han höll henne mot sin sko tills han var nöjd med att hon var klar.

Han sköt undan hennes fötter och höll en arm över henne när hon reste sig på hälarna, klockorna på hennes bröstvårtor klingrade sött.

"Du är upptagen idag slav så du har sett den kåta arsletiken du har."

Han avbröt henne med ett smäll på rumpan, lutade sig sedan tillbaka och tittade på när han knäppte hennes blus över hennes nu utsmyckade bröst.

Kedjan som fick hennes bröstvårtor att poppa läckert mot det skira sidenet, klockorna syns tydligt under.

Han kastade en blick tillbaka in i den öppna lådan, stoppade de oanvända kedjorna och tog ett annat föremål innan han stod och inspekterade det när han var klar.

Han klämde ihop hennes kedjade bröstvårtor mellan siden och drog henne till sitt skrivbord innan han släppte hennes fingrar och vände henne upp och ner och slog henne i rumpan igen.

Hon stönade och blöta ögonen igen när hon tog in den ständiga smärtan och värmen han överöste henne med i morse.

Hon darrade när han förklarade att han skulle använda något annat i morse och att ju snabbare hon slutförde uppgifterna han hade gett henne, desto snabbare skulle han ta det ifrån henne.

Hon tittade nyfiket på när han bar ett litet rosa plastföremål framför ansiktet.

Den här var formad som en liten morot, men hennes nyfikenhet ersattes av rädsla när han förklarade var han skulle använda den.

Hon slingrade sig under hans hand på hennes rygg och tryckte hans ben mot hennes.

Jag kunde känna hans hårda kuk i hans byxor.

Bilder av honom när han ägde fyllde hennes sinne när hans starka grepp slappnade av för att smeka henne mer försiktigt.

Hans röst viskade sött i hennes öra för att lugna henne.

När han såg rädsla sippra in i hennes ögon stannade han nästan, men hon hade gjort så bra i sin lydnad till vad hon ville i morse.

Hon behövde veta att ingenting han skulle begära av henne var förbjudet för henne, så hon lutade sig in i hans öra och viskade:

"Du, min slav, kommer att bära detta eftersom jag är din herre och det gillar jag."

Hans hand placerade leksaken på skrivbordet medan han smekte den mjuka huden på hennes rumpa.

"Lilla slav, du vill väl behaga din herre?"

Han pratade och klappade henne som ett avskyvärt husdjur.

Viskar hans behov av att äga varje del av henne, att dominera henne och äga henne helt.

Han rörde sin hand, strök det rosa köttet av hennes rumpa och körde ett finger mellan hennes skinkor över hennes våta lilla fitta. Han provocerade henne genom att försiktigt smeka hennes skinkor, smeta ut hennes safter igen, men den här gången över det mörka, skeva hålet i hennes rumpa.

Hon lyfte upp leksaken framför ansiktet och viskade:

"Du kommer att använda detta, slav, för mig, din herre."

Hon rullade leksaken över sin våta fitta, täckte den i hans sperma och tryckte den sedan mot hennes rumpa.

Han såg hur hon spänd och knöt, lyfte sin hand från hennes rygg och slog henne lätt på ryggen.

"Slappna av lilla slav, lita på din herre."

Han klämde hårdare på den lilla dubben och såg hur hennes analring långsamt sträckte sig runt honom.

kände hon vågor mer motsägelsefulla känslor i sig stiga .

Eftersom han är hennes nåd levererades , bita du själv på läppen och visste hur varmt det var för honom .

Hans genomträngande fingrar värmde deras känslig fitta igen , som du kände hans andra hand på hennes _ röv spelade .

Hon ryste när hon hörde hans viska och kände hans hårda kuk mot hennes höft.

Medan han tog leksaken och lekte mer med hennes fitta och rumpa tills hon inte orkade mer och hon stönade och rörde på höfterna igen.

Hon kände hur han tryckte tillbaka proppen upp i hennes rumpa och tryckte den mot henne.

Hon spände sig och han slog henne.

Han slöt ögonen och tog ett djupt andetag, jamade över den udda känslan av att ha sin rumpa knullad.

det kändes känner mig så stor inom henne men _ du visste att det inte var så .

hans tankar svajade mellan värmen _ av deras fuktig fitta och dem inte så smärtsamt dock _ upphetsande känner på henne ass , som sig henne Analring runt pluggen dra åt för att hålla den på plats håll .

Han grymtade när han såg pluggen försvinna in i flickan som gnällde mot honom.

Han längtade efter att se hennes ansikte när hon bar proppen och lyfte upp henne så att kjolen täckte hennes rygg.

När hon tittade på honom med våta ögon och rodnaden på hennes kinder lyste.

Han slog henne på rumpan och tog tag i kontakten med hennes fingrar för att leka med den medan han såg känslorna täcka hennes ansikte.

Han log in i hennes mjuka ansikte när han lutade sig in för att kyssa hennes darrande läppar.

"Du gjorde mig väldigt glad i morse, min slav. Men jag varnar dig för att det här kommer att bli en ganska lång dag för dig. Så om du har några planer för ikväll måste du avbryta. Tänk på en ursäkt." Han log mot henne.

"Och du kan berätta för dina föräldrar att du kommer att delta på en affärspartners middag med mig eftersom jag behöver dina extraordinära och unika färdigheter."

Hon hörde honom bita sig i läppen och rodna när han lekte med pluggen på hennes rumpa och knöt ihop hennes fitta åt hans ord.

"Han gillade henne!"

Hon var förvånad över hur hon känner när hans kyss gläder henne.

Hon klev fram för att borsta hans kuk och insåg hur gärna hon ville känna den inuti sig istället för leksakerna som han lät henne använda varje dag.

Insikten om detta fick hennes kinder att bränna ännu mer, och hennes tankar efterliknade hans befallande ton:

"Du, lilla Susy, har blivit hans hora."

Hon kunde inte låta bli att glädjas åt att behaga honom inför gårdagens besvikelser.

Skammen och förödmjukelsen över hur hon behagade honom kom över henne kort.

Han lyfte hennes huvud mot hennes haka och tittade in i hennes ögon, såg hennes motstridiga känslor, log och kysste henne djupt.

Hon smälte igen.

* * *

När hon satt obekvämt vid sitt skrivbord ringde hon sina föräldrar för att berätta att hon skulle på en jobblunch, en vän som hon trodde kunde träffa på en fika efter jobbet och pojkvännen som hon redan hade släppt för helgen.

Så telefonsamtalen avslutades snabbt och hon skickade ett direktmeddelande till sin Mästare för att meddela honom.

Han kallade tillbaka henne till sitt kontor och hon gick in i rummet, stängde dörren efter sig och gick till hans skrivbord innan hon ställde sig på knä framför honom.

Han inspekterade den och justerade sin position innan han fortsatte.

Hon lyssnade uppmärksamt när han förklarade knäställningen för slavarna: knäna öppna, händerna bakom ryggen, huvudet lätt lutat mot honom, läpparna åtskilda.

Hon förklarade slavarnas sittställning, som var väldigt lik knästående, vilket gjorde att hon kunde vila sina knän genom att sitta med rumpan på hälarna.

Om du blir ombedd att möta dig när du står på knä eller står, knäpper du händerna bakom nacken och drar armbågar och axlar bakåt som tidigare.

Han bad henne att öva på detta och, med ett kommando på ett ord, att knäböja, sitta eller vända sig mot sig själv medan hon berättade för honom om sysslorna under resten av dagarna.

Det skulle bli en sen lunch med några vänner från hans klubb i hans mötesrum på kontoret.

Du skulle inte behöva laga mat eller servera idag, men vid andra tillfällen skulle det vara en del av dina arbetsuppgifter.

Han varnade henne strängt för att hon inte fick tveka att lyda hans order idag eller att straffen skulle bli mycket större än vad hon upplevde igår.

Hon ryste och viskade:

"Ja mästare".

"Du kommer att lita på mig, lilla Susy, att du är den mest värdefulla av alla ägodelar jag har."

Han tittade in i hennes ögon och såg hennes ögon vidgas i förvirring.

"Ja slav, du är min egendom. Du är en dyrbar skatt och du tillhör mig."

hans hjärna skrek han :

"En vecka Jag accepterade , det var ett spel!"

hans tankar vände själv : "Han kom ihåg sig Inte en gång minns hans godkännande för veckan till Uttryck tog med till har . Hur gick han med på det? Han pratade som om han ville behålla henne som sin slav för alltid!"

Hans ansikte visade hans växande känsla av rädsla innan hans mun sänkte sig mot hennes i en djup, passionerad kyss.

Hon kunde känna hans längtan, hans behov av henne, hans kärlek i den kyssen och hon smälte in i hennes sinne, slutade ifrågasätta honom och kom ihåg att han hade lovat att de skulle prata i slutet av veckan.

Han avbröt deras kyss , ros ner på knä där hon blev andfådd och vände sig om till henne _ skrivbord .

Han lade flera Filer på kanten av hennes skrivbord , alltså du du personligen till några av cheferna att distribuera kunde och i den ordning som de du ordnade hade också _ ett lista Med annorlunda uppgifter för helheten Företaget , inklusive recensionen . _ för att laga mat till din lunch.

Hon tog allt han förklarade för henne och sa mjukt:

"Ja, mästare", när han såg ut att vara färdig, men stannade där han var tills han berättade något annat.

Han tittade på sin klocka och föreslog:

"Du borde skynda dig lilla slav, träningen tog längre tid än planerat och du har fortfarande mycket att göra innan mina gäster kommer."

Han återvände plötsligt till sitt arbete och hon knäböjde ett förvirrat ögonblick innan hon reste sig upp, tog tag i filerna och listan och gick tillbaka till sitt skrivbord för att sortera igenom uppgifterna och hur man bäst skulle ta sig an dem.

Hon skickade ett direktmeddelande till honom för att informera honom om att hon lämnat sitt kontor.

"Skynda dig, slav. Du har två timmar på dig. Dröja inte, för var tionde minut om du är sen kommer jag att straffa dig."

Hon visade detta svarsmeddelande på sin skärm och skyndade iväg.

Hon upptäckte att hennes nya, över genomsnittet klackar fick hennes höfter att svaja mer, och den veckade kjolen rullade och studsade för varje steg.

Han höll filerna mot bröstet för att klockorna inte skulle ringa.

Han fick nästan flyga till köket och andra sysslor innan han lämnade över filerna för att skydda sig så länge som möjligt.

Hon log och pratade lite när hon kollade i köken och andra små, lätta att utföra uppgifter. Hon var fortfarande mycket medveten om kedjan och kontakten hon använde på honom och oroade sig för att värmen hon hela tiden kände mellan benen skulle bli uppenbar för alla. person, av alla som har sett dem.

Han kollade glatt på klockan och började så småningom personligen lämna över filer och anteckningar till chefer.

Medveten om hur kort kjolen var och hur tunn toppen var över hennes kedjade behålösa bröst, rodnade hon rasande när filmottagarnas ögon svepte över henne eller höll sig kvar på henne för länge.

Hon försökte hålla filerna tejpade på bröstet, men oftast bad de henne lägga dem på bordet och vänta medan de kollade vad hon hade med sig.

***

Trots att han höll ett öga på sin klocka insåg han att han redan skulle vara sen med att återvända till sitt skrivbord när han nådde sitt sista uppdrag på Alan Clarksons kontor.

När Susan såg Anne vid sitt skrivbord le mot henne rodnade hon och gick närmare.

"Tack för den vackra outfiten, Anne. Den passar Perfekt till mig." nästan viskade Susan.

Anne fnissade glatt.

"Jag ser hur bra det passar dig! Åh, älskling, jag tycker det är fantastiskt, även om jag redan föreställt mig att det skulle passa dig väldigt bra. Låt mig säga till mästaren att du är här, att han också vill se!"

"Jag har en fil till honom."

utbrast hon skakat och insåg att Anne också var en slav.

Susan tittade på henne med mer kritiska ögon och noterade hur hon var klädd.

"Bra. Så vi gör två saker på ett besök," blinkade han och skrattade igen medan han skrev ett snabbmeddelande på skärmen och väntade på svar.

Hon skrattade åt hans svar och förklarade att han gillade analogin med de två målen.

Han klev ut bakom sitt skrivbord och tog Susans arm när han ledde henne in på Alan Clarksons kontor.

Alan kom ut bakom sitt skrivbord.

"Ge mig filen och låt mig titta på dig , Susan, älskling."

Han tittade på henne som en hungrig varg som sträckte sig efter filen.

Han rodnade djupt och räckte henne filen.

Han gjorde ett "hmm"-ljud och ringde in henne.

"Visa dig själv lilla Susan."

Hennes ögon vidgades och hon tittade in i hans ansikte för ett skämt, men såg ingen, så hon vidgade sin ställning och höjde sina händer mot nacken på honom.

"Oh bells, vad trevligt. Jag visste att han ville ha 'klockor till sin Susan.'"

Han skrattade högt och slog Anne i rumpan och sa:

"Jag sa det inte till dig!"

Utan att veta vad hon skulle göra och inte ville framstå som olydig, frös hon innan denna Mästare återvände för att ta hennes plats medan han tittade på henne.

"Hoppa Susan, jag vill ha klockorna hör ."

Hon hoppade och han viftade med handen för att hon skulle fortsätta.

Hon försökte, men hennes språng var små när hon vinglade i hälarna och ryckte till när hennes kjol reste sig och föll och avslöjade hennes nakenhet undertill.

Den föll nästan av på ett ögonblick tills han sträckte fram handen. och tog tag i hennes arm för att stödja henne.

"Tack, mr Clarkson." Hon flämtade.

"Du vet Susan, du har de mest färgglada lekfulla bröst jag sett på länge. Du bör överväga att ta hål i bröstvårtorna. Dina bröst skulle se ännu mer välsmakande och oemotståndliga ut för din herre." sa Alan mycket allvarligt medan han studerade henne.

Hon bleknade när han talade.

Han måste ha sett blicken i hennes ögon när han snabbt vände sig mot Anne.

"Ta av dig din skjorta så att Susan kan se din."

Han vände sig mot Susan.

"Hon lät göra dem kort efter att hon gick med i företaget."

Susan tittade på den blonda kvinnan som inte kunde möta Alans ögon när hon rodnade ännu mer.

Anne bar en bh som inte täckte hennes stora bröst utan stödde dem som en hylla.

Hennes bröst var prydda med breda och långa gyllene örhängen som hängde från hennes bröstvårtor.

Susan frös tills Alan hakade fast fingret i den vänstra ringen och lyfte det, vilket tvingade hennes bröst att expandera till en konform, vilket fick Anne att stöna gutturalt.

Alan slickade sina läppar och log.

"Hon är bara vacker, är hon inte Susan?"

"Ja, herr Clarkson."

"Oemotståndligt som sagt, men vi måste alla jobba innan vi kan spela." Han log smittande mot henne och blinkade till henne, "Du borde springa till ditt skrivbord Susan, din husse väntar säkert på dig. Låt honom veta att jag ska titta på filen innan lunch idag. Vi ses där. "

Han skrattade och skickade tillbaka henne, höll fortfarande fast vid en gnällande Anne efter guldringen.

"Ja, herr Clarkson," sa Susan och vände sig om och sprang nästan ut från kontoret. Hon stängde tyst dörren efter sig.

Han tog ett djupt andetag för att lugna sig och skyndade tillbaka till sin Mästares kontor.

På väg tillbaka till sitt skrivbord ville hon inte stanna eller prata med någon. Hon gick med huvudet nedåt, gömde sin rodnad och lutade sig framåt för att försöka dölja sina klingande bröst.

Han kom fram till sitt skrivbord på rekordtid och skickade ett direktmeddelande till honom för att meddela att han var tillbaka.

STRAFFRUMMET

Han ringde henne direkt.

Han dukade in på sitt kontor och föll på knä precis utanför dörren.

Han reste sig och gick fram till henne vid ingången till rummet. Han skällde:

"Följ mig. Du är sen."

Han hoppade upp och sprang bakom honom in i ett angränsande rum, bara några steg bakom honom.

Detta rum hade en märklig dekoration.

han vände sig om se dig omkring

" Klä av dig , men _ dra din Strumpor på."

Det följde hon snabbt uppmaning av hans order , lydde honom utan att tänka , stannade naken och darrande medan klockorna _ _ av deras bröst ringde .

Henne uppmärksamhet fokuserad på honom som _ _ du såg honom en _ _ Låda öppnat och in vit korsett drog ut .

Han steg bakom henne, virade korsetten runt hennes kropp och började knyta den hårt runt hennes midja.

Skålslagslagen följde kurvan för hennes lekfulla bröst och slutade precis under hennes bröstvårtor.

Små, hårda, kedjade rosa knoppar tornade upp sig över guldkedjan och klockorna, och lade sitt till hennes stön.

Under tiden tittade hon fortfarande utan att se väggen och fokuserade sedan på sina händer. Hon uppskattade känslan av korsetten han använde för att binda henne.

Han slog sin rumpa när han var klar.

Hon gnisslade mer av förvåning än smärta när han tog upp henne som en docka, kastade henne och fäste henne vid en vadderad balk som var en del av rummets udda möbler.

Hon var lång och dinglade vid benen och sparkade mot balken för att återfå balansen när hon slog till med rumpan igen.

Han gick därifrån och frågade henne lite.

"Vad tog dig så lång tid, lilla slav? Bortkastad tid för alla chefer att se vilken fantastisk hora du är med dina nya kläder och accessoarer?"

Hon stönade och rodnade ännu mer.

Henne ansikte blev scharlakansröd när handen på hennes stånga tryckt blev .

Hon kände hur han rörde sig och borstade mot henne medan hans fingrar spred hennes skinkor och trevade efter henne.

Hon tittade på honom över axeln medan han tittade på hennes rumpa och rodnade ännu mer, hennes förödmjukelse över att ha misshagat honom och den sårbara positionen i vilken han fick henne att böja sig för hans ord.

Hennes andning var svår på grund av den tajta korsetten, så hon började flämta och stöna.

Hans händer skiljde hennes skinkor och han tittade ner på den envisa leksaken medan hon darrade och hennes rumpa klämde på den.

Han förde sina händer över hennes släta hud och frossade i det faktum att hon var hans att dominera och njuta som han ville.

Han tittade på hennes glittrande våta fitta medan hans fingrar lekte med pluggen han morrade:

"Jag kan se att du gillade att använda det för mig din lilla slampa."

Han talade med en kant i rösten medan han drog åt proppen något så att hennes anus långsamt sträckte ut sig framför hans ögon.

Hon stönade nästan andfådd.

"Ja mästare".

Han log och njöt av synen och ljudet av den perfekta lilla kroppen.

Hans klagande musik i hans öron när han kopplade ur den, såg sakta hur ringen på hennes anus öppnades och sakta drar ihop sig som en stram mörk stjärna.

Han retade henne igen med fingret:

"Varje del av dig tillhör mig, lille slav! Ingenting är förbjudet för din herre."

Hans finger stötte in i henne och hörde henne skrika som svar på honom.

Han kunde känna hennes hunger efter att han knappt kontrollerades, så han drog bort sin hand och gick bort från hennes morrande:

"Du förstår att jag måste straffa dig för att du är sen nu, eller hur?"

"Ja verkligen."

Hon kände sticket i rumpan, inte lika illa som igår men tillräckligt för att få henne att flämta och tappa balansen på strålen igen när hon gungade och gungade.

Han kunde känna världen, ett pirr brände i hans kött och han började uttala ursäkter och ursäkter.

Han tystade henne med ytterligare en stickande pisk.

Fortsätt medan hans fingrar rann över de två rören.

"Du måste ha slösat bort din tid eftersom du var fyrtiofem minuter försenad."

Piskan träffade henne ytterligare två gånger i rad och hon tjöt och ryckte på strålen.

"Och för de extra fem minuter ..."

piskan _ landade hårt på hennes låren .

stönade hon Med tårar ni _ ansikte suddig , som genomträngande welts brinnande smärta ovan deras Kropp utstrålade .

Han kunde se hur _ deras fitta innan fuktighet glittrade , så han piskade piskan mellan deras ben och gnuggade plattan _ läderspets ovan deras klitoris .

Hon flämtade och darrade.

Han fortsatte att leka med henne, tryckte ett finger upp i rumpan medan hon darrade och stönade, hennes höfter tryckte mot hennes svullna klitoris mellan hans hand och piskan.

Han började pumpa in sitt starkaste finger i henne och lade till ett andra finger när hon gjorde motstånd och jamade i nöd.

Hon kom explosivt och föll nästan av strålen, men hans hand grävde sig in i hennes rumpa.

"Vad är du för stygg tik? Hur gillar du smärta?"

Han drog bort sina fingrar från henne när han såg hennes kropp rycka av spasmer.

"Du måste vänta på att din herre säger till dig när du kan komma, slav."

piskan _ borrade sig fortfarande en gång i henne kött och henne skrek .

"Förstår du mig, slav?"

"Ja verkligen."

Hon tjöt när piskan återigen orsakade en mycket brännande smärta nerför hennes lår.

Hon kände mer än hon såg den lilla elastiska tygremsan som han drog upp hennes ben och lindade runt hennes midja innan hon drog bort henne från balken och lyfte upp henne till ostadiga ben.

Hon tittade ner, remsan av material var tillräckligt bred för att täcka hennes kön och först trodde hon att det kunde vara som ett bälte.

"Visa slav," sa han medan han placerade händerna på sin midja, vidgade och justerade ställningen på hans lår och rumpa med varje rörelse.

Hon insåg nu att det var någon sorts kjol.

Hon gick till en garderob, drog fram ett par vita klackar och lade dem vid sina fötter så att hon kunde ta på sig dem.

Han cirklade runt henne och körde med fingrarna längs de rödkantade linjerna som visades under hennes färgglada kjol.

"Du har dig fortfarande aldrig sett så här hur nu , Susie."

Han lutade sig ner och kysste tårmärkena under hennes fortfarande vattniga ögon och talade mjukt.

"Mmm, min lilla tik, jag älskar att se att du är rädd, men vi väntar gäster, så gå till det privata badrummet i andra dörren till höger. Där hittar du dina vanliga sminkmärken. Fixa ditt ansikte och hennes hår."

Han räckte henne ett guldtäckt band.

" Sätt på det här bandet. Nej parfym . Och gå tillbaka _ till min skrivbord ."

Han gick in i badrummet och ställde sig framför helfigursspegeln.

" Vem är de ?" har tänkte . "Vad sägs om det ' goda flickan händer henne _ _ henne hela ditt liv ? Hur var hon horan bli den hon såg i spegeln ?"

hon flyttade och vred sig , som _ du anmärkte att kjolen var hennes fitta eller deras röv alls Inte täckt , men deras welts och hennes stående upphetsningstillstånd betonade .

Det är ett spel, tänkte han, och visste i sitt sinne att det var mycket mer än ett spel och att han bara kunde vänta till slutet av veckan.

"Vad skulle hända då i slutet av veckan?"

Hans tysta frågor upphörde när han funderade över denna fråga.

"Andas", sa hon till sig själv, "bara andas och lyda."

Hon bröt sig loss från sina ständiga frågor och applicerade sin makeup på ansiktet igen.

Hon band sitt vågiga hår i en tight hästsvans och gick tillbaka till helspegeln.

" Andas , andas bara och lyda ." upprepade hon sig själv .

hon kastade a sista Se på den och andades långsamt . hon återvände till honom tillbaka , gick till hans skrivbord och knäböjde innan honom , som honom _ lärde hade varit .

Han såg till , hur du med hennes rundade kinder _ rumpan blev så läcker utsatt var . Värmarna _ visade sig röd och arg när du försiktigt på hennes klackar gick och hennes höfter hur ett hora svajade till _ nöje var redo .

"Det är min", sa han nästan i misstro till sig själv.

Hans träning hade gått så bra den här veckan; bättre än han hade hoppats.

Varje hinder han satte upp verkade relativt lätt att övervinna.

Ständigt orolig att han körde fort, hon sprang nästan iväg och såg rädsla i ögonen i morse, men till slut lydde hon alltid.

Henne Inlämning var genom kombination _ hennes dominerande fars och hennes älskvärd mamma nästan inom sig till språk tog med varit .

Han hade velat ha henne så länge.

Att upptäcka sin lust efter erotisk smärta gav bara fart på hans önskan att dominera henne.

Han ville inte släppa henne i slutet av veckan, även om han visste att han kunde utpressa eller tvinga henne att förbli en slav, visste han att en sådan relation aldrig skulle uppfylla hans önskningar.

Han behövde ett band av förtroende och ömsesidig kärlek för att få henne att vilja ha hans dominans eftersom han ville ha hennes totala underkastelse.

Han stirrade på henne länge medan hon knäböjde framför honom.

Han hade arbetat hårt för att komma till denna punkt i sitt liv.

Han hade sitt eget företag och en egen klubb som drev hans mörkaste lust att dominera och kontrollera allt i sitt liv.

Han hade en fru, en familj och ett hem att avundas många, men inget av det räckte.

Han kunde ha vilken slav som helst i företaget eller i klubben, och han hade burit många av dem ibland.

Men han hade letat efter någon han kunde äga och älska på samma gång, något som alltid hade gäckat honom.

Han tittade in i hennes ljusgröna ögon.

Susan var annorlunda , hennes önskan var det du massor Mer som a Kropp är hon _ efter efter behag användning och missbruk kan .

Jag ville ha den lilla flicka egen , kontrollera och vårda , dominerar varje del av hennes liv och henne visa hur _ djupt kärleken till en slavar och en mästare kan vara .

Hur olika som man och hustru eller älskare , men det var mycket djupare och mer förtroendefull .

Han tog a vit hennes sammetsband _ skrivbord och böjd sig innan till henne djup till kyss .

När han satte tejpen runt halsen.

Hon hoppade till när hon hörde klippet stänga henne som en tight choker.

Hans händer fortsatte att smeka henne medan kyssen varade.

Han strök hennes axlar och rörde sig över hennes bröst för att nypa de hårda små knopparna som skakade henne för att höra ljudet av klockorna och hennes stön i hans kyss.

Han bröt kyssen och reste sig upp och drog hennes bröstvårtor närmare sig.

"Våra gäster kommer snart, kom min lilla slav."

Han förde in henne i mötesrummet och knuffade henne framför sig, han sa helt enkelt:

"Gå dit bort."

Han tittade på henne när hon bet sig i läppen och tittade på antalet stolar.

Hon gick till huvudet på det ovala bordet och knäböjde på golvet bredvid hans stol.

"Mycket bra, min lilla slav, vad har du lärt dig bra idag?"

MÖTE MED MÄSTARNA

Kökspersonalen hade kommit med maten och var upptagna i det lilla köket med att förbereda de sista detaljerna för festen.

Under tiden tog hans husse en stor stol och indikerade att han satt bredvid honom, vilket angav en plats på golvet.

Hon ryckte till när hon tog hans plats och lyssnade medan han talade sakta till henne:

"Männen som kommer idag är några av mina äldsta vänner. De är också herrar och kommer att ta med sig sina slavar."

Han tittade på henne när hon tog in hans ord och fortsatte sedan:

"Du kommer att lyda dem som du skulle lyda mig. Men jag kommer inte att låta det skada dig, lilla Susy."

Hon bet sig i läppen, valsarna prydde hennes rumpa, och hennes ben bultade fortfarande av bevis på vad som skulle hända om hon svikit honom.

Hon tittade upp medan han tystnade och tittade in i hans ögon och viskade:

"När jag älskar".

Han skulle fråga lite mer om sina gäster när en man som höll en tjej i koppel kom in på kontoret.

Han log varmt, sträckte ut handen , tog tag i Roberts och skakade honom tight.

"Är vi de första som kommer?"

" Faktiskt Steve, det stämmer . Heja upp se ." Han såg efter nedan och frågade : "Och hur är du _ idag , Shaky?"

Susan blev förvånad när flickan _ Med en "hiip " svarade , som bruset ett små hund och dig själv vred sig när han klappade hennes huvud . _

Susan tog en närmare titt när hon märkte att hon bar ett rött läderhalsband med ordet "tik" i diamanter på framsidan.

Susan beundrade spetsklänningen som slaven hade på sig när hon hörde hennes namn och tittade rodnande upp när den andra husbonden hälsade henne.

"Trevligt att träffa dig, sir," kom hon ut med en pipande röst, rodnade ännu djupare och medveten om hur utsatt hon kände sig.

Hennes uppmärksamhet återvände till dörren när hon hörde Alan Clarksons höga skratt komma in med en man som var identisk med mannen som just hade hälsat henne.

Susan tittade från den ena till den andra och vände på huvudet medan hon tittade på tvillingmästarna.

Förbluffad tog det en stund innan hon insåg att en smal flicka fortfarande var tyst bakom paret skrattande Amos.

Den som gick in med Alan var Master John, Steves tvillingbror, följt av en smal tjej, hans slav Samantha.

Hon låg förstås också bakom Anne, som log och blinkade åt henne.

De två sista medlemmarna i gruppen anlände med sina flickor inom några minuter.

Susan satt tyst och försökte inte dra uppmärksamhet när männen hälsade på varandra och flickorna.

Hon böjde huvudet och log när hon hälsades, utan att lita på den gälla rösten som hade hälsat den första Mästaren.

Så han var tyst i sin nervositet.

Alla flyttade in i mötesrummet som den duktiga kökspersonalen hittade som en gammaldags matsal.

Susan studerade de sista gästerna.

Mästare Barry var en lång man som var mer avslappnad klädd än de andra Mästarna, klädd i jeans och en jacka som såg udda ut i kontrast till de andra Mästarnas fint skräddarsydda kostymer.

Han följdes av Cinthia, en lång blondin med en atletisk kroppsbyggnad vars muskler verkade skvalpa för varje rörelse.

Det sista paret var Master James, en äldre herre med klarblå ögon, följt av Amy, en knubbig tjej med en liten mun som fick henne att se ut som en amorängel.

Alla tjejerna satt, precis som de, bredvid sina respektive mästarstolar när servitörerna gick in med vin och mat till den första rätten.

Hennes Mästares hand matade henne med små bitar från hans tallrik och hon njöt av smaken av den rika maten.

Hon tittade på de andra tjejerna när mästarna diskuterade affärer och gemensamma vänner.

Anne lutade sig med armarna runt sin Mästares ben, Shaky verkade krypa ihop på hans fötter, Amy hade huvudet vilat på sin Mästares lår och Cinthia verkade nästan skaka sin hästsvans med små huvudrörelser.

Anne fångade hans blick och blinkade åt honom.

" Vi att behöva här ett Serviceklocka , Robert, var är du de där servitörerna?" klagade Mäster James sig själv .

" Kanske skulle kunna vi skaka Susan istället , skrattade Alan .

De äldre mästarnas ögon lyste _ vid utsikten och rynkade pannan sedan pannan . _

"En tjej så liten är att jag tvivlar på att det räcker _ _ Ljud göra kan ."

Robert skrattade godmodig .

Lyssnar du någonsin på dig själv klaga James ? "

"Jag skulle kunna göra det om du skakar din lilla flicka."

Susan såg hur hennes Mästare sträckte sig ner och drog kedjan mellan hennes bröstvårtor, skakade dem och ringde sött i klockorna.

"Jag tror du hade rätt James, det låter inte så mycket."

Efter att ha sagt detta smällde hans hand in i hennes högra bröst blixtsnabbt, vilket fick henne att skrika av förvåning snarare än smärta.

"Var det bättre ?"

"Det var knappast Mer som a skrik ."

James log och hans blå ögon lyste upp mot henne.

Som ett svar på det så kallade gnisslet dök servitörerna upp, tog bort tallrikarna och ersatte dem med mer överdådig mat.

Mästarna gick tillbaka till verksamheten medan Susan gick tillbaka till att studera flickorna.

Hon undrade om de ville vara slavar eller om de liksom hon var instängda i den här situationen.

Men var hon instängd?

Kanske först, men nu var hon inte helt säker.

Kanske började han gilla det mer än något annat.

Han såg sig omkring i gruppen igen och skakade på huvudet.

Det verkade knappast riktigt.

Det normala att sitta ner och ta små tuggor från din Mästares tallrik med handen, som om det hände varje dag.

Hon kanske var så involverad i det här spelet att du deras slaveri Inte Mer som dålig tittat på ?

Hans tankar for genom hans huvud när han lydigt öppnade och stängde munnen för att ta en tugga till.

Han undrade om flickans tillgivenheter var en del av hans egen personlighet eller om de hade formats av hennes mästares vilja.

Och hon undrade också hur de där tjejerna måste ha sett på henne med sin eviga rodnad och naivitet.

Kan du säga att hon inte var en sann slav?

Förlorad i sina egna tankar hade hon inte lyssnat på herrarnas samtal och blev förvånad när de andra herrarna reste sig och lämnade rummet och lämnade flickorna ensamma.

Hon tittade nyfiket upp på sin Mästare när han reste sig också.

Han sträckte sig ner och strök henne försiktigt över håret.

"Jag kommer snart tillbaka, lilla."

Hon nickade lätt och tittade efter dem.

Så fort dörren stängdes reste sig knubbiga Amy upp och skannade bordet innan hon gled in på sin Mästares tomma säte och höjde sitt nästan fulla vinglas till sina små läppar.

Samantha himlade med ögonen.

"Du är en brat Amy, det är bäst att du inte låter dem fånga dig där."

"Ta en paus Samantha, du är inte den äldsta tjejen här." Shaky sa: "Amy är alltid en brat som inte förändras och vi måste ha kul med den nya tjejen." Hon log tandigt åt Susans håll. "Du måste berätta för oss vackra Susan hur du fångade den svårfångade Mästaren Robert."

Hon hade krupit närmare henne och låg på mage med händerna på hakan medan hon väntade på svar.

Hur kunde hon berätta för dessa tjejer att hon blev fångad?

Att hon inte visste något om slaveri och att detta hade börjat som en lek för henne.

Susans sinne rasade och hon rodnade djupt när flickorna stirrade på henne och väntade på ett svar.

Samantha räddade henne:

"Jag tror inte att Susan hade någon aning om något av det här, älskling."

Susan skakade på huvudet och sänkte ögonen.

Och Samantha fortsatte att viska konspiratoriskt till de andra:

"Det var jag förut detta Vecka fortfarande aldrig a slav varit ." Han vände sig om till Susan och gav henne a lugnande le . "Gör du Nej bekymmer , kära, dessa flicka kommer verkligen ingen roligt Med till dig har . Vi överlåter det till mästarna." Hon skrattade.

"Inga sätt! Är det sant ?" Shaky tittade på Susan _ mer ivrig nyfikenhet .

Amy närmade sig sig också : "Tja, ja, a söt oskyldig tjej som tänkte skulle ha blivit förvånad över att det var detta som Mästare Robert letade efter smak till vet ."

Susan provade sitt _ egen överraskning till undvika när _ du ovan du talade , men du kände hur värmen från rodnaden fyllde hennes kinder .

_

Amy fortsatte, "Din herre har aldrig tagit en slav som sin egen. Tror du att han kommer att behålla dig ?"

Susan såg Med enorm ögon och skrek :

"Behåll mig?" Hon skakade på huvudet. "Jag trodde att det skulle bli ett roligt spel men nu är allt suddigt i mitt huvud. Med er alla här verkar det vara det mest normala i världen men jag vet inte riktigt vad jag gör mest av tid."

"Åh, håll käften älskling, allt är bra." Samantha sa med en blinkning, "Jag har tittat på dig hela veckan och du ser mer fantastisk ut för varje dag."

Shaky log. "Du är verkligen en nybörjare, nej! Tja, om han låter dig träffa alla våra mästare, planerar han att hålla dig kvar ett tag." Shaky slickade Susans kind och fick henne att skratta. "Och det skulle vara trevligt att ha en ny lekkamrat, föredrar du inte Samantha?"

Amy såg ner från bordet och knep ihop läpparna:

"Det finns många slavar i klubben som lider av att bära Mästare Roberts halsband. Om han bestämmer sig för att stanna hos dig borde vi kunna höra allas ylande skrik." Hon skrattade, klappade händerna och tog ytterligare en klunk av sin Mästares vin. "Jag skulle vilja se några av deras ansikten när de får reda på det."

"Jag tycker vad tjejerna menar , är att det ser ut som _ _ om mästare Robert planerar att gå med dig sig till behåll ." Anne stannade kort när hon såg rädslan i Susans ögon. "Du gillar att vara hans slav, eller hur?"

Susan blev förvånad över frågan.

Han vill?

hon bet ner på läppen, som du om det tänkte .

hon hade sig sa att _ du a Bra flickan var det slaveri tvingade var , men hur skulle kunna hon att detta flicka säga ?

Jag längtade efter att fråga hur de blev slavar.

Hade de en chans att avgöra om de... höll med? "

Cinthia snärtade med hästsvansen, frustade lätt och böjde på huvudet.

Amy gled ner på golvet och pekade med fingret mot Cinthia och viskade,

"Jag vet inte hur han gör ! "

En stund senare öppnad dörren och servitörerna kom för att rensa bordet .

Var och en av flickorna stod tysta i Rum medan servitörerna snabbt på det arbetade , bordet med frukt och ost till fyll och du lugn igen _ låt .

Återigen såg alla andra Flickor Susan och väntade alltid en till _ svara

.

"Jag vet inte vad jag gör , än mindre för vad jag vill, sa Susan sorgset . "Det vill säga annorlunda som allt jag någonsin innan erfaren har . Henne alla verkar så trevliga , um . Normal!" fnös Cinthia och höjde en ögonbryn . "Du vet vad jag menar , för den normala världen som är stereotyp ett Sexslavar ..." sökte hon efter till rätt ord.

Hon gav upp och ryckte på axlarna .

"Oh okej docka," kom Anne till sitt försvar. "Vi känner till stereotypen, men håll dina ögon och sinnen öppna för allt du ser och hör och du kommer att inse att det inte finns något normalt i hela den här världen. Tänk på sex som glass när all vanilj gillar vilken tråkig värld det skulle vara. "

Amy himlade med ögonen och nickade mot Susan.

"Glass är en gammal klibbig liknelse, men det fungerar. Folk gillar olika saker, mat, bilar, kläder och sex. Jag skulle säga att du måste bestämma själv, men jag tror att det beslutet redan har tagits för dig."

Susan bet sig i läppen och var på väg att protestera mot att hon fortfarande hade en dag på sig att bestämma sig, men hennes system för tidig varning, Cinthia, förde henne tillbaka till sin plats när Lordsna återvände till sina platser och pratade glatt om klubbverksamhet och klubb. gemensamma affärsbekanta.

Efter några timmar, men förmodligen inte mer än en, kvävde Amy utan framgång en gäspning och uppmärksammade bordet.

Mästare James såg efter nedan . "Jaha, det är vad du får om du stannar uppe efter sänggåendet."

Han tittade tjutande upp och började protestera. "Men..."

En sträng blick från hennes Mästare frös på hennes tunga och hon ursäktade sig och knäböjde rakt upp.

James flinade och rufsade till sina lockar

"Varför frågar du inte Mäster Robert om du kan spela Susans klockor för att sysselsätta dig ett tag och sedan tar jag dig hem, lilla?"

dumheter glödde i hennes ögon , som du reste sig upp och såg så söt ut vände sig till Robert och sa .

"Åh snälla, mäster Robert, får jag? Du är så vacker bells och du har en sån här skön slavar ."

"Hur kunde jag gå till en sådan ljuv flicka Nej säga ?" Robert log.

"Tack, mäster Robert, tack!" Amy bubblade och försvann under bordet för att gå till Susan krypa .

" Verkar som _ _ _ skulle du nu vaken ." Alan skrattade medan Shaky gjorde ett ropade upphetsat och sig själv Med ett dra snabbt i kopplet lugnade sig .

" Det verkar som dem alla med till ny flicka att spela vill ha ." muttrade Barry .

Robert log henne kl.

"Jag kan Inte säg att jag skyller på dem _ _ _ ge , jag spelar gillar verkligen med henne ."

Detta möttes av många skratt och han rodnade ilsket igen och tog kontroll över rummet.

Amy satt glatt bredvid henne och lekte med Susans bröstvårtor och ringde på klockorna i olika tempo medan samtalet fortsatte runt henne.

Hon kände hur sin Mästare lekte med sin hästsvans och såg in i hennes genomträngande ögon.

Hennes andetag slog till och hennes egna ögon vidgades när hon kände hur Amys mun spändes runt bröstvårtan.

När han ringde på klockorna med fingrarna rörde hans tunga sig över hennes hårda rosa spets.

Hans Mästares ögon gnistrade och hörnen ringlade sig i ett leende som inte var unikt för hans mun.

"Det verkar som om min tjej är för upprymd som vanligt, jag borde köra hem henne annars blir hon för nervös för att somna om. Kom igen Tjej låt oss efter _ Hem ta med ." Mästare James reste sig upp medan han talade .

Amy kastade bakhuvudet och släppte bröstvårtan _ _ gå hon _ Med ett ringa smäll vårdad hade .

Han tittade upp och frågade mjukt:

"Får jag kyssa henne för att säga hejdå?"

"Ja älskling. Tack då mäster Robert så går vi."

Amy lade ena handen på Susans kind och den andra på Susans hals och höll dem medan hon tryckte hans läppar mot hennes.

Susan kände den envisa tungan och skiljde försiktigt sina läppar åt medan den knubbiga kysste henne försiktigt men djupt och utforskade hennes mun med en fladdrande tunga som gjorde Susan andfådd i slutet av kyssen.

" Hejdå min ny vän hoppas jag vi ser oss fortfarande ofta. Du måste komma till en lek, jag har så många fantastiska leksaker!" Hon gnällde när hennes Mästare harklade sig och reste sig. "Tack för att jag fick spela Mäster Robert med Susan."

"Välkommen älskling, sov gott. Din vresiga gamla husse ser förtvivlad ut."

Amy tog på sig sitt mest förföriska oskyldiga ansikte. "Tror du att?" Han såg sin Mästare upp och ner. "Jag kanske borde ta fram mitt sjuksköterskekit när vi kommer hem och kolla upp det."

"Åh, det tror jag definitivt vad du behöver , älskling. nu gå och gå efter hem ."

James stönade . " Tack för det, min vän, kanske Jag kan ta med mig Susans huvud nästa gång Läxa fyll till dig också anställa ."

Amy log och vände sig om sig själv vid bordet. "Farväl husbonde och piga ."

Sedan tog han sin Mästares hand och ledde honom ut till utrymme när han själv _ godkänd .

Steve skrattade och sa mjukt till John:

"Åh, jag tror att det kommer att bli ännu en natt att minnas för den här fräcka ungen."

John skrattade.

"Om inte James bestämmer sig för att slå henne på den långa bilresan hem."

"Cinthia och jag borde vara på väg nu också, jag vill gå till ridklubben och vi har mycket förberedelser framför oss." Barry mullrade i sitt djup barytonton .

Robert reste sig och log .

"Åh ja, såklart. Det var tur att du var i stan för vår återförening. Tack för att du kom Barry."

Robert gick till vardagsrumsdörren innan han vände sig om för att visa de andra:

"Varför flyttar vi inte till de bekvämaste stolarna när natten närmar sig? Utsikten är ganska bra där."

Mästarna reste sig och följde med sina flickor bakom sig.

Anne uppmanade Susan att flytta.

Han hade sett Cinthia och henne gå med sina långa ben när hänvisningen till ridklubben äntligen kom upp i hans sinne.

Han tittade på de andra tjejerna mer kritiskt än att försöka se deras egenskaper, så att säga.

Shaky var en bedårande valp och Anne var en sprudlande, sexig tjej, men Samantha förvirrade dem.

Susan var förvirrad , flickan att springa till se att hon var så rolig när _ skulle du en ballerina.

Susan kände sig om igen en gång malplacerad , du skulle ha Ingenting Något speciellt med dig och dig var tvungen massor lära sig .

Hon insåg att _ du kunde aldrig vara så speciell hur detta tjej och det bara hennes herre Med henne spelade hade .

Med det insåg han att han inte skulle göra det, han kunde inte behålla henne som sin slav om han inte hade en speciell egenskap.

Hon kände en våg av lättnad över att hon inte behövde bestämma sig.

Men känslan följdes snabbt av en känsla av sorg.

Hon bet sig frånvarande i läppen och följde efter sin Mästare till hans stol och satte sig bredvid honom.

Hon skakade tankarna från sitt huvud när hennes Mästare lindade in sin hand i hennes hästsvans ännu en gång och tittade på honom.

"Hej John låt din flicka tjäna mig bror denna slav är värdelös för allt som inte kommer i en flaska eller burk."

Steve knuffade till Shaky med foten och hon gav honom ett lågt morrande, vilket fick honom att rynka pannan.

Med en nick från sin Mästare gick Samantha mot Mästaren Steve, fötterna dansande.

Hon tryckte sin kropp mot honom och slickade hans hals mot hans öra, nafsade försiktigt och spinnande:

"Mästare, vad vill du ha det detta Får slav dig ikväll ? "

"Snälla en scotch, älskling."

Samantha vecklade ut sig sig ut hans kropp , roterad deras Fotbollar upp och gled in i köket .

hon städade a ny glas och vände sig lätt att beställa till observatörerna a Titta på det sensuella , böjda konturer hennes kropp till bud medan du håller i glasets kant om svullnaden _ av deras bröst knuffad , darrade och djup andades .

Susan såg du fascinerad av.

Anne fyllde glaset _ till hälften innan de öppnar frysdörren öppnade upp och bort från kylan Luft innesluta låt .

Detta Luft låta deras Bröstvårtorna blir hårda och avslöjas deras skärpa skärpa klar under till bra sidenklänning som hon bar.

Han tog tag efter glass och lämnade den med ett skärpa Klink i glaset

.

Hon stängde dörren till frysen Med ett höftrörelse och lutade sig tillbaka , skakade på huvudet och gick deras hår i ett Vinka mörkare höstsilke .

Hon vände sig mot Mästaren, hennes bröst borstade hans arm, höjde glaset först till sina läppar för att kyssa kanten, spinnande:

"Din whisky, mästare Steve, denna slav hoppas att du har njutit av din tjänst."

“Utsökt service som alltid och något sött. Gå tillbaka till din herre nu , innan jag glömmer vem som äger dig. "

Susan var mättare vördnad om hur Samantha tjänar _ ett Drinkar så sensuella gjort .

Hon ville kunna och såg upp efter reaktionen hennes mästare till se bara till _ _ se att han är hon jag håller med tittade på .

Hans tankar hoppade in i hans huvud.

Skulle hon vara tillräckligt rolig för att behaga honom?

Kanske kunde hon lära sig att vara så graciös och attraktiv, och kanske Mästare då skulle vilja stanna hos henne.

Hon hade övertygat sig själv om att han skulle skicka iväg henne efter veckans slut.

När hon blev involverad i sitt förutsägande tänkande frågade hon sig själv igen: "Var det här livet hon ville, att bli besatt som slav, förneka sin valfrihet genom att lyda alla hennes kommandon? Kunde hon lära sig, på ett sätt att vara speciell?" vad skulle han vilja? "

Hennes önskan att behaga honom en gång överröstade alla hennes andra frågor och hon vände tillbaka sin uppmärksamhet till Lords, som fortsatte att skämta allteftersom eftermiddagen led och himlen blev svart.

Tvillingmästarna tackade nej till andra drycker och hävdade att de förlovade sig på klubben den kvällen och Alan sa också att han såg fram emot att besöka klubben och se vad som visades.

Robert vägrade att gå med dem och hävdade att han fortfarande hade arbete att göra.

Han reste sig för att gå till mötesdörren och pratade vänligt. Susan följde efter henne och tackade tyst Anne för allt hennes stöd under den långa eftermiddagen och kvällen.

"Åh älskling, det var ingenting , vi var alla någon gång i detta ny livsstil ."

Anne kysste Susan på kinden och följde efter Alan in i hissen.

När hissen äntligen stängdes vände Robert sig om och gick tillbaka in på kontoret, säker på att hon skulle följa efter.

När hon knäböjde framför honom, bakåtlutad på hälarna, lutade han sig framåt för att smeka hennes kind.

"Jag är väldigt nöjd med din prestation idag, tjej."

Han lutade sig in för att kyssa henne djupt och hon kände fjärilar fladdra på hennes mage och känslorna rann längs hennes rygg.

Jag var glad!

Glädjen han kände var påtaglig, tillsammans med hans kyss.

Hon tänkte på ingenting annat än hur hans ord och hans beröring fick henne att känna.

"Nu när vi har sett till att du är ledig, låt oss spela ett spel, Susy. Jag vet hur du gillar spel." Han log medvetet mot henne.

"Ja verkligen." hon viskade.

Han hade hoppats att gästernas försvinnande skulle göra det möjligt för honom att gå hem och koppla av.

Det hade varit en väldigt lång dag och hon var väldigt förvirrad med alla sina tankar i huvudet.

Han fortsatte:

"Vi kan ställa tre frågor varje ikväll. Du kan fråga mig allt du vill veta om våra gäster och eftermiddagen. Jag kommer att ställa frågor till dig om vad jag hoppas att du har lärt dig. Och hur när jag är med _ Deras svarar Inte Jag är nöjd , det kommer att få konsekvenser har ." .

Han vred sig och visste att han inte var tillräckligt uppmärksam på de små detaljerna , och hans tankar vandrade ofta.

Han borde ha vetat att det skulle bli ett test, han testade det alltid på något sätt.

Men hon nickade och viskade:

"När jag älskar".

"Jaså, nu börjar vi, ge mig namnet på varje gäst och hans slav."

Han tog ett djupt andetag och började med en darrning i rösten:

"Alan Clarkson och hans slav Anne, Steve Goodman och hans slav Shaky, John Goodman och hans slav Samantha, James Smith och hans slav Amy, och Barry Collins och hans flicka Cinthia."

När hon bet sig i läppen utan att bli formellt presenterad, hade hon hört förnamn och kopplat efternamn genom sina praktiska kunskaper om de anteckningar och mejl hon skickat till dem som assistent.

"Mycket imponerande", log hon, "men jag är rädd att som slav, vilket var din enda roll i kväll, borde alla behandlas som en herre följt av deras förnamn." Han klappade henne i grenen när han såg hennes underläpp falla. "I mitt knä, lilla Susy."

De smärtsamma svullnader som hade markerat henne som en hora tidigare på dagen hade för länge sedan bleknat.

Han körde försiktigt sin hand nerför hennes rumpa innan han slog den hårt och såg handavtrycket börja lysa rosa mot hennes släta hud.

Hon bet sig i läppen och stönade medan hon rörde på benen.

Under tiden sänktes hans hand fyra gånger till, en gång för var och en av mästarna som deltog i den sena lunchen.

Några tårar rann nerför hennes kinder, mer av besvikelse än slag när han rörde vid hennes rumpa och föreslog:

"Det är din tur".

Hon tänkte och frågade:

" Var och en av flickorna var något på ett unikt sätt Speciellt eftersom Shaky a valp flicka var. Är de från deras mästare så utbildade eller är du såklart ?"

" Några slavar att ha ett förkärlek för en specifika roll och tas av en mästare och för hans önskningar och behov skolad ." Han stannade en stund innan han fortsatte, "Vissa mästare föredrar en tom duk och tar en tjej och formar henne efter deras smak. Men för alla möjligheter måste flickan ha naturlig underkastelse. Styrka Slaveri till en tjej går inte alltid så bra som en mästare önskar. "

Hans sinne hoppade.

Blev hon inte tvingad?

Det började som ett spel.

Hon hade gått med på att vara hans och att lyda honom helt i en vecka.

Hon erkände att hon inte hade tvingats acceptera det, men hon visste inte riktigt vad hon accepterade.

Handen som smekte hennes rumpa stannade när han talade och hon lyssnade uppmärksamt på hans nästa fråga.

"Berätta för mig om de sex tjejerna som är här ikväll, varje speciell talang som du såg den."

Han visste att det bara fanns fem flickor, men han gillade inte att rätta honom när han var i en så sårbar position, så han började:

"skakig är mycket valpaktig . Jag tror att Cinthia är det en ponny. Amy är mycket barnsligt . Anne är ett bystig blond bomb. Samantha har mig förbryllad , men jag tror att hon _ är dansare och rörd sig mycket graciös .

Hon vände på huvudet för att titta på honom hoppfullt.

han slog två gånger hårt mot hennes ass .

"Anne, som du, min lilla Susy, kommer genom Smärta väcktes på ett sätt som _ mest slavar Inte njuta . Samantha till exempel blir alls Inte genom smärta eller bestraffning upphetsad . Deras nöje kommer från att behaga Hans Mästare. Och han lyser i sättet han serverar och dansar. Hans mästare följer orientalernas sätt att leva. Hans hand flöt igen och han höjde ett ögonbryn. 'Och den sjätte?'

Hon bet sig i läppen och rynkade pannan medan hennes sinne sprang för att ta reda på vem hon hade saknat i sitt svar.

Hon såg hans leende när hans hand gick ner igen.

Hon skrek och utbröt:

"Jag förstår inte eftersom det bara var fem tjejer."

Han slog henne igen när hon svarade:

"Du glömde den viktigaste slaven, min!" Hans hand sänktes igen för att markera hans position. "Du var där, eller hur?"

Hon vände sig om och skrek:

"Ja herre, men jag är inget speciellt, jag har inga speciella talanger."

Hon sänkte huvudet och lät tårarna falla.

Hennes hjärta hoppade över ett slag, hon var verkligen så oskyldig och naiv, så speciell i sitt behov av att behaga och tjäna, att hon utstod alla krav han ställde på henne och nästan villigt accepterade hans straff.

Hon var symbolen för naivitet i sina rodnande och söta sätt och hon insåg det inte ens.

Hans söta lilla prinsessa offentligt och hans smärtälskande hora privat när han ville.

"Har jag inte berättat för dig hela veckan att du är speciell? Vad är speciellt med min önskan om dig och behov av att vara din herre? Efter att ha träffat några av mina vänner tror du att jag skulle ge dem en. Föreställ dig en slav som var inte speciellt?" Han skrek nästan den sista , vilket fick henne att rysa och förvirra hennes sinne.

Susan stönade.

"Ja herre, jag menar ingen herre, åh..." skrek han, "jag vet inte vad jag menar."

Hans hand sänkte sig längre ner i hennes nu röda rumpa och fick henne att stöna mer. Värmen som for genom hennes kropp när han slog henne fick honom att gnugga hennes mage över hans knä när han kände hur hennes hårdhet växte och hennes fitta gnuggade mot hans lår.

Hon slöt ögonen och kippade efter luft.

Värmen, smärtan och känslan av honom skickade spasmer genom hennes kropp.

Precis när hon skulle sperma slutade han lägga sin hand tungt på hennes rygg och höll henne så att hon inte kunde röra sig.

"Och din nästa fråga är..."

Han kunde inte tänka rakt, hans behov av att sperma var så akut att hans kropp skakade och han stönade.

"Vad vill du just nu och behöver fråga en liten tik?"

Hon kände hur den intensiva skammen täckte henne när hon uttryckte sitt behov:

"Snälla herre, jag måste komma, låt mig komma."

Det var första gången han lät henne fråga och det var som ett sista hinder att hon hoppade utan ansträngning.

Han höjde handen i rörelse och började piska de fasta runda kinderna igen, handen studsade från den röda ytan när den smällde mot hans lår och kuk.

Han ville henne så illa att han tvivlade på att han kunde vänta en vecka med att ta henne, men han var tvungen att vänta för att se till att hon skulle stanna.

Hon stelnade och släppte ut ett långt, flämtande skrik medan hon skakade på huvudet och simmade i smärta och njutning.

Hennes fitta bultade av den välbehövliga sperma som verkade rusa genom hennes kropp som skott som om hon var på väg att sperma under en lång tid.

Trots allt föll du halta på hans varv .

Han lyfte upp henne och vaggade henne i sina armar.

Hon återtog sin darrande lilla kropp och smygde sig in i hans famn.

Han log.

"Det verkar som att smisk inte är så mycket av ett straff för dig, min lilla smärta. Nu ställde du bara en fråga, så jag antar att det är min tur igen."

Hon hoppade och flämtade när hon insåg att spelet inte var över och skakade på huvudet för att rensa tankarna.

Han kuperade hakan och lyfte på huvudet för att titta in i hennes ögon.

"Hur lång är en vecka, Susy?"

Frågan förvånade henne, hon bet sig i läppen och tänkte att det måste finnas ett alternativt svar till det självklara, men hon kunde inte komma på något, så hon viskade:

"Sju dagar".

Han log när han såg förståelsens gryning i hennes ansikte.

"Du gjorde det bra första hälften av din vecka, min lilla slav." sa han och såg till att hon förstod dess fulla innebörd.

"Sju dagar."

upprepade hon viskande.

Hennes tankar vandrade till de planer hon hade gjort för att vara med sina föräldrar den helgen för att hjälpa till med ett jubileumsfirande och hon började bita sig i läppen av oro.

Han tittade noga på henne innan han frågade:

"Din sista fråga, Susy?"

Hon tittade på honom med oroliga ögon och viskade:

"Jag trodde ... jag menar , jag antog ... um ..."

Hon tittade på hans ansikte utan något i hans Ögon till läsa för henne till säg det _ du antas hade det _ deras Vecka ett arbetsvecka skulle bara vara _ fem dagar , så vågat du till fråga :

"Har slavarna lediga helger?"

SLUT PÅ FÖRSTA DELEN